继续温暖

毕亮 著

辽宁人民出版社

图书在版编目（CIP）数据

继续温暖 / 毕亮著 . — 沈阳 : 辽宁人民出版社，
2023.11
ISBN 978-7-205-10901-1

Ⅰ . ①继… Ⅱ . ①毕… Ⅲ . ①中篇小说—小说集—中
国—当代②短篇小说—小说集—中国—当代 Ⅳ . ① I247.7

中国国家版本馆 CIP 数据核字（2023）第 198382 号

出版发行 : 辽宁人民出版社
　　　　　地址 : 沈阳市和平区十一纬路 25 号　邮编 : 110003
　　　　　电话 : 024-23284321（邮　购）024-23284324（发行部）
　　　　　传真 : 024-23284191（发行部）024-23284304（办公室）
　　　　　http://www.lnpph.com.cn
印　　刷 : 辽宁新华印务有限公司
幅面尺寸 : 145mm×210mm
印　　张 : 6
字　　数 : 102 千字
出版时间 : 2023 年 11 月第 1 版
印刷时间 : 2023 年 11 月第 1 次印刷
责任编辑 : 娄　瓴
助理编辑 : 贾妙笙
装帧设计 : 张菲儿
责任校对 : 吴艳杰
书　　号 : ISBN 978-7-205-10901-1
定　　价 : 59.80 元

目录

继续温暖

马老倌把天喊黑了。

黄昏，夕阳西沉时他就蹲在瓦房顶上，高一声浅一声不歇地喊，马达，你在哪里，赶紧回屋你！天黑下来了，他的嗓子也哑了。苍老、喑哑的声音在夜空荡漾，仿佛风吹在水里。他每喊一声，站在屋檐下的孙子马达便答一句，爷，我在这里，我回屋了我！

堂屋门口围拢一圈黑压压的人群，全是隔壁左右看热闹的邻居。

马老倌在屋顶喊魂，喊孙子马达的魂。五天前的夜里，孙子马达摸黑走夜路，撞鬼骇到了，害了病，到卫生院吃药打针不见效果。他找官当镇通晓阴阳的蔡瞎子弄了土方子，喊魂，张贴招魂帖。

蹲在屋顶，一边喊魂，马老倌还在一边后悔，悔不该让孙子夜里出门。他心里急，儿子儿媳在南方麻城打工，出门前交代过，要他把孙子照顾好。现在倒好，孙子看马戏表演看出病来了，医过好些天，病情更显重了。万一孙子马达有个闪失，到时怎么向儿子儿媳交代。听着堂屋门口杂沓的声音，他的眼泪水都快急出来了。

站在屋檐下，马达听到马老倌喊的声调陡然变了。他说，爷，你咋了？马老倌没有答他，继续哽咽着喊孙子的名字。一晃眼，马达在人堆里发现了同学黑皮和吴癞子，他俩冲他诡怪地笑，似乎笑他搞迷信。马达怕丑，觉得不好意思，羞红了脸。他正昂起的望天的脑壳矮了下来。

马老倌再在屋顶上喊，声音跟石头沉入水底一般，得不到马达的回应。之后，马达听到屋顶传来慌里慌张急切的声音，小达，你咋不答话？马达无动于衷，仍是不作声。

村里的王麻子和桃珍在人堆里唤马达，他们一齐劝马达说，你爷喊你，你要答，不答你的魂就找不到你的人，快答你！他们一提到魂魄，马达就怕了，后背卷起一股凉风。他瞥了黑皮和吴癞子各一眼，赶紧抬头答，爷，我在这里，我回屋了我！

夜黑透后，人堆散开了，村里人各自回了屋。黑暗里只剩下马老倌和马达两团黑影。他们爷孙俩一个在房檐上，一个在房檐下。

在瓦房顶蹲累了，马老倌站起身双手握成拳头，杵着腰喊孙子的名字。

马达猜到爷喊累了，他也喊累了站累了。倚靠在木梯上，马达问，爷，你累不，我倒杯水给你解渴，我也想喝水了！马老倌说，爷不累，爷不渴！马老倌讲完这话，故意提高了音量，显示他还有劲得很，浑身力气使不完。马老倌讲他不累不渴，是假的。他的嗓子像被大太阳烤着，又干又痒。但他不能停下来，他担心一停下来，孙子的魂魄就回不来了。

一口气马老倌也不肯歇。

看到爷装出那副有劲的模样，马达想起爹娘出门打工这些年爷对他的好，那些好加起来，有他们村到官当镇街上那截路那么长，或者比那截路还要长。他的泪水不由得流出来，爷再喊他的名字，他一答就成了哭腔。他听到爷的腔调也变了。

喊到隔壁左右邻居扯亮了电灯，马老倌才缓缓从屋檐上沿着木梯蹬下来。他是盲人，眼睛是空摆设，看不到，下木梯时他小心翼翼。马达牢牢扶稳梯子，生怕爷有个闪失。马老倌边下梯子，他边用嘴巴给爷指路。他像年迈的老人一样啰唆，交代马老倌哪里该抬脚，哪里该歇脚。马老倌安稳地从房顶走下来，进了门，拢近八仙桌提起水壶，他给孙子马达倒茶喝。

马达咕噜咕噜喝了两海碗。之后马老倌咕噜咕噜喝了四海碗。他们爷孙俩都喊累了，喊得嗓子眼儿冒烟冒火了。

白天屋里人来人往，马达卧在床上，目睹村里王麻子、桃珍等人一晃而过的身影。他还听到他们和爷讲话的声音。但他听不清他们谈话的具体内容。他们神秘叵测的表情令马达感到不安。

马达发现自己的力气越来越小，两只脚变成两个铁秤砣，抬脚走路都得使出吃奶的劲。他后悔那天去官当镇看马戏表演，夜里他被两个鬼影子骇到了。

那天夜里看完马戏，摸黑赶着回屋，一路走马达一路估摸着爷在屋里做啥，他猜爷肯定坐在藤椅上等他，等他歇。杂草丛里传来蛐蛐叫唤，他冲声音一望，黢黑一片。

眼睛看不见，马达只好用耳朵打探动静。耳朵旁边划过嗖嗖风声，他背后一阵发凉，跟抹过风油精似的。前方路边一团团树的黑影显出人形，有胳膊有腿，马达心里直打鼓，担心碰到鬼了。是那种"长（念 zhang 音）鬼"，可以随时长高随时缩矮的鬼。他赶紧弓身抠下右脚的布鞋，握在手里作投掷状。开学不久他听同桌黑皮讲过，如果遇到"长鬼"，只要把脚底的鞋子往空中抛，便能镇压那些鬼怪，就跟如来佛把孙悟空压在五指山下那样。真的有效，刚做完投掷动作，他眼里那些变成人形的树影又恢复到本来的面貌。

重新穿好布鞋，马达继续赶路。只能快步走，他不敢跑，跑起来风声会更大。一天夏夜里乘凉，躺在竹床上，隔他五六米远的潘庆久吹笛子，那声音好听，像棉花塞到他心坎上，软绵绵的。可隔马达两三米远的陆爷讲鬼故事，他的声音张牙舞爪，把马达吓坏了。陆爷说，大大小小的鬼都是闻风而动的，赶夜路的人不能跑，一跑就有了风声，会招惹来鬼怪。

陆爷的话像刹车，马达顿时慢下步子。

两个交头接耳的黑影一直走在马达前头。马达走他们走，马达停他们停。昂头望了眼漆黑的夜空，马达心惊肉跳地迈着步子。远处传来犬吠，声音越来越大，倏地就到了马达面前。是他屋里的黑狗来迎他了。

有狗做伴，马达还是怕。远处黑影仍在，马达哼起歌壮胆，他哼的是流行歌《两只蝴蝶》。本来马达回屋是有伴的，黑皮、吴癫子邀他一起回，他没答应。他们还要去马兰屋后院的菜园地里偷甘蔗。马达不想跟他们一起搞偷鸡摸狗的事。暑假马达去了南方的麻城，临回家前，在那边打工的爹娘千叮咛万嘱咐，让他跟爷一起，照顾好爷，还要读好书，要学好，不能走到歪路上去了。看到爹娘辛苦，马达记牢了他们的话。爹娘在麻城工厂打工，日子不是他在家时想象得那么好过。而且根本就不是爹以前写信讲的那回事，吃香的，喝辣的。跟信里写的好日子比，一个在天上，一个在地下。以前爹在信里扯谎，宽爷和他的心。

走出一身汗，马达望到远处的亮光。堂屋里亮着灯，马达胆子壮了，鼠胆变成豹子胆。他想起前些天爷问他麻城是啥样的，他不晓得怎么答。骨碌转动眼珠子想了半天，他说，到处是楼房，高得很，都快杵上天了……到处是人，比村里的镇上的人多了无数倍，手指头脚指头加起来都数不完的倍数。爷是个盲人，没出过远门，也没看过高楼，就连天天在屋门口水杉树上喊的麻雀长啥样他都不晓得。但马达还是看到爷在那里点头，小鸡啄米似的点，还在那里咧着嘴巴笑，露出满口黄牙。当时爷还跟他说，小达，你就该出去长长见识，安心读书你，大了去北京念大学！爷的话讲到马达心坎里去了，他也是这么想的。看到爹娘在麻城打工那没日没夜的辛苦样，他就暗下了决心，一定把书读好，将来多挣些钱，报他们的养育恩，让额头长了皱纹、鬓角生了白头发的爹娘享福，把爷也接到城里住，给他听城里汽车、火车喇叭吼的声气。

以前马达从没走过夜路，这还是头一回，这次表演马戏的是河南来的班子。起先马达是不想去的，黑皮和吴癫子两个人都来喊他，邀他一起去，还直夸表演好看，比班里的文娱委员白洁还好看。看了十几个节目，魔术大变活人、钻火球、硬气功……看到口技表演时，马达硬是愣住了，那位表演者真神奇，张开嘴巴就发出七七八八的声音，有火车吼、有鸟鸣、有马驴狗叫，还有海风声……全世界的声音都装进了那人的嘴巴里。

想起那天夜里的口技表演，躺在床上的马达耳朵四周又响起那些好听、奇怪的腔调。他又觉得生这场病值得。

马达想学口技，想把整个世界装进嘴巴里，然后用这些声音重新搭个世界，给爷听。那时爷的耳朵就变成眼睛了，就看得见那些东西了。

马老倌准备上趟街，等他后脚跟踏出家门，马达就把心里默念的声音喊了出来，比如刮北风的声音、汽车喇叭叫的声音……半个钟头以后，马达便能模仿简单的声音，狗吠驴叫，还有风声，还有汽车喇叭吼……

两三个钟头后，马老倌回屋了，提着一塑料袋纸钱出现在马达面前，袋子里还装了香烛。瞎了眼睛的马老倌在屋里走路，就像走大路那样，大摇大摆。他点燃香烛，嘴里念叨半天，马达不晓得爷讲的什么话。

马老倌划火柴点燃一张纸钱，烧成灰装进搪瓷水杯里，兑了杯温水，用筷子搅匀递给马达喝。马达嫌脏，不肯喝。瞬间马老倌换了一张脸，笑脸不见了，他动了怒。一看爷脸色不对，马达立马改口说，爷，我喝！他想趁爷不留意，偷偷把杯里的水倒掉。再说爷也看不见。他没想到爷能看透他的心思。刚动这个念头，马老倌就说，小达，你莫把水倒了，我看着你喝，爷可是为你好！

瞄了眼搪瓷杯子里浑浊的茶水，捏紧鼻子，马达仰起脖子把那杯水喝了个底朝天。

马老倌听到咕噜的喝水声，他才安心。接下来，马老倌依蔡瞎子交代的，画了三道招魂帖，一道一道贴在门口附近的水杉树上、柚子树上、橘子树上。这个帖子是指引马达魂魄回屋的。

风大，马老倌怕贴不牢，在每道符上涂了多几倍的糨糊。贴稳了，他又用手摁着，直到糨糊干。这就不用担心大风吹了。他贴第三道符时，听到了杀猪佬张柄财的脚步声。张柄财没向马老倌打招呼。以前他都会喊马老倌一声，问个好。

马老倌听出张柄财走路比平时走得急，他心里搁着事。上午马老倌已经听王麻子讲了他屋里出的事，他当瓦匠的小儿子在外地打工，在建筑工地从脚手架上跌下来，摔断了腿，成了残疾。本来马老倌想喊张柄财，讲几句贴心贴肺的话安慰他。但他走路急匆匆的，马老倌的话还没讲出口，他就走远了。

慢吞吞爬起床，马达站在堂屋门口，看到瞎了眼睛的爷为他做的一切。他在心里骂自己身子骨不争气，害了病让爷操心，爷的眉头锁了好些天了。

马达走出家门，路过马兰屋门口，桃珍站在禾场双手叉腰，跺着脚，扯着嗓子骂粗话。桃珍是马兰的娘。那些骂人的话要多难听就有多难听，她家菜园地的甘蔗夜里给人偷了一大片，她骂那些贼的娘和祖宗。

村里一大群人围着骂人的桃珍，马达看见黑皮和吴癞子站在中间，若无其事。甘蔗肯定是他俩偷的，好几天前他们就商量过要偷马兰屋里的甘蔗。马达想起了那天夜里的两个黑影。会不会是他俩装神弄鬼？他朝黑皮和吴癞子走过去，拢近后，他拉黑皮、吴癞子走到一边，他说，那天夜里，是不是你俩骇我？

黑皮和吴癞子对望了一眼，不答话，他俩脸上显出诡异的表情。瞅着马达，黑皮突然说，马达，你说是就是，你说不是就不是！黑皮又朝吴癞子递了个眼色。吴癞子把黑皮的话学了一遍。他俩一唱一和，讲完话就跑远了。跑时他俩还回头望了马达好几次。

盯着黑皮、吴癞子的背影，马达猜那夜的黑影就是他们两人，八九不离十。隔不到三天，马达的病好了，他明白自己并没有撞到鬼，心里不怕了。

马达的精神气一上来，他听到爷在舀潲水拌猪食时自言自语，蔡瞎子的偏方就是比吃药管用！马达心里清楚是怎么回事，但他没把那层纸捅破。

天气好，马达搬出两把木椅，摆在堂屋门口阶沿边。他搀扶着爷坐到门口，跟爷一起晒太阳。

马老倌杵着椿木拐棍，说，小达，今天太阳照的光像你婆婆的手，暖和！

马达脸上挂了个问号，他不太明白爷讲的话，他也搞不懂爷怎么突然跟他提死去多年的婆婆。马老倌见他的话没收到回应，呵呵笑着说，小达，跟你讲你也不懂，这太阳照在人身上，跟冷天烤火一样舒服！

昂起头望了一眼蓝天的云朵，马达再看爷时，马老倌脸上挂了两行泪。马达慌了，他以为爷还在担心他的身体，怕他的病好不起来。他说，爷，你莫哭，我的病好了，现在我浑身有使不完的力气！

叹了一口气，马老倌说，小达，你爹还只有你这么大，你婆婆就不在了，你婆快落气的时候，两只眼睛死活不肯闭，我问她还有啥事，她讲放心不下你爹，我就拍起胸脯打包票，讲只要有一口吃的，就不会让你爹饿着，有一件穿的衣服，就不会让你爹冻着，还要供你爹上学，学文化。我一讲完，你婆婆眼睛就合上了，放心地去了。可我没照顾好你爹，你爹现在去南方打工，四个年头没回屋，也不知道他过得咋样，成什么样子了！

马达明白了，爷是想爹了。爹是爷的儿子，爷想他儿子了。

暑假他去麻城看爹娘，他们过得并不是信里讲得那么好。但马达不能告诉爷真实情况，他红着脸扯谎说，爷，爹在麻城好着哩，他不是常写信回屋么，还寄了那么多照片！讲完马达起身跑进卧房，寻出爹寄回屋的那些照片，递给马老倌。

揣紧那一叠照片，马老倌一张一张反复摸着看。他的眼泪还在流。马达又站起身，跑到灶屋拿来洗脸手帕，给爷揩眼泪。他在心里也怨恨爹，出门打工这么久，也不回家看看，村里出去打工的劳力，差不多每年春节都会回一趟家，只有爹娘不回家，说是要省钱，要把钱攒起来，供他将来读大学作学费。他去麻城看爹娘，还是村里去麻城打工的人带过去的。

马老倌摸完那一叠照片，似乎不放心，他说，小达，你暑假去看了你爹，他们过得好不，你可不要扯谎哄我。

爷眼睛是瞎了，可心里什么都晓得，刚才屋门口李富贵牵着水牛，那头水牛嘴馋，脑壳伸进菜园门里，偷啃大白菜；王麻子赶着一头猪仔，那猪仔拉了一坨稀屎在稻草垛旁……这些我都知道。

马达吃惊地望着爷，嘴巴张得老大，大得能塞进一个馒头。爷讲的事正好就是刚才在他眼皮子底下发生的。

马达说，爷，你眼睛看得见了？

马老倌说，爷不是用眼睛看人，是用耳朵看人，爷都听到了！

马达浑身冒出细汗，他感觉到爷正用眼睛盯着他看。他心里想的什么爷全知道。但他还是继续扯谎说，爷，你放心你，爹和娘真过得好，麻城可好了，我以后也要去麻城打工！

马老倌眉头舒展开来，说，你爹过得好我就安心了，杀猪佬张柄财当瓦匠的小儿子摔断了腿，你爹你娘得注意，得当心身体！

听到爷讲这些话，马达心里有种讲不清的忧伤。他把话题转移，跟马老倌又东拉西扯讲了许多其他的话。他想赶紧给麻城的爹娘写信，转达爷的话，交代他们注意身体，爷在为他们担心。

夜里，马达趁爷睡着了，把自己捂在被子里，偷偷练习口技，他不想让爷知道他做的事情。春节爹娘不回家，只有他和爷两个人过，到时他要给爷惊喜。

练了两个多月，每天夜里马达躲在被褥里，制造各种声音；白天空闲时，他跑去村头的竹林，独自练习口技。现在马达已经成了一位出色的口技表演者，他的嘴巴里，装了春夏秋冬的风，装了花鸟虫鱼，装了猪狗牛羊……

大年初一，清早起床后，马达穿起棉袄，跑进马老倌卧房，给还在床上歇的爷拜年。他跪在地上磕了三个头。之后他欠起身，拍落裤腿膝盖上沾的灰。他说，爷，我要送您新年礼物！

马老倌说，送啥？

马达说，爷，我要把全世界送给你！

马老倌听后哈哈大笑，他说，小达，你的心意爷领到了！

看爷不信他，马达满脸通红，他说，爷，你听到屋门口水杉树上喜鹊叫了么！

马老倌说，没听到！

马达说，爷，那你听好了，喜鹊马上就歇到枝头了！讲完马达张开嘴巴，随着他的嘴巴一张一合，喜鹊清脆的鸣叫声在卧房里传开了，越来越清脆、响亮。

马达说，爷，你看到喜鹊了吗?

打了个愣，马老倌回过神来，脸上荡开笑容说，看到了!

马达又说，爷，我现在带你去看南方麻城的大海! 他的嘴巴又张开了，传出浪打浪的声音，海鸥叫的声音，潮涨潮落的声音……

马达说，爷，你看到麻城的大海了吗?

马老倌声音变了，他哽咽着说，孩子，爷看到大海了!

接下来，马达用嘴巴发出声音，给爷看了火车、飞机，看了麻城的街道，看了各种稀奇古怪的东西……喊久了，马达嘴巴干了，嗓子哑了。马老倌说，小达，好了，爷把全世界都看遍了。

他们爷孙两人一齐笑起来。马老倌眼里噙着泪花。

歇了一会儿，马达说，爷，我还要给你一个惊喜，我告诉你啊，爹娘回来看您了，他们特意赶回屋跟您一起过春节的!

马老倌说，你爹娘在南方打工，那么忙那么辛苦，要他们赶回来做啥，不用回，我一把老骨头了，有啥看头!

马达又张开了嘴巴。

开始是门咯吱一声响，接着出现马达爹娘的声音。男声说，爹，我回来了，我在外头打工，已经四年没落屋了，我专门回来跟您过春节的! 女声说，爹，我也是专门回屋跟您过节的,这几年我们两口子在麻城打工,照料孩子辛苦您了……

马达学他爹娘的声音学得神像,就跟他们平时讲话的声音一个样。要是只听声音,不看人,别人还真以为是他爹娘回来了。

马达说,爷,你看到我爹我娘了吗?

马老倌没答话,他的眼泪水吧嗒吧嗒掉出来,落在胸前被褥上。接下来他呜呜呜哭出声来。马达看到爷哭,他也跟着哭起来。边哭他边说,爷,你莫哭,省得哭伤了身子骨,我跟您一样,也想爹想娘了!

马老倌说,爷哭是因为高兴,你的新年礼物爷全部收到了,爷看到了全世界,还看到你爹你娘回屋一家人团圆,一起过春节了!

之后马达走拢到马老倌床头,偎在了爷的怀里。他瞄到卧房门口摇头摆尾的黑狗,那黑狗的眼窝跟他的一样,也是湿的。

刊载于《长江文艺》2008 年第 2 期
《小说选刊》2008 年第 3 期转载
《新华文摘》2008 年第 10 期转载
《青年文摘·彩版》2008 年 8 期转载
入选漓江出版社《2008 中国年度短篇小说》

南方少年

一

送走最后一位客人，夜黑透了。夜幕下我盘点起一天的收入。落雨或不落雨的夜，基本上我只做两件事：清点钞票和翻阅旅游手册。

我在官当镇开了五年理发店。

小镇人满意我的手艺。期间时兴的发型浪潮般变换，小镇的熟面孔也是熟了生、生了熟。若是理发店没客人，通常我会面对那台显像管出了毛病的"凯歌"牌彩色电视机，看画面斑驳的韩剧。看韩剧不单是打发时间，我还想学他们引领潮流的发式，尽管年轻人全出门打工了，我学来新潮发型派不上用场。我想等未来某一天，去了南方或者某个大城市，这样的手艺用得上，施展出来不至于落伍。

近两年官当镇的麻将馆雨后春笋般冒出来，不出去的人闲在屋里，也不做事，专心经营起牌局，一五一十聚在麻将馆打发时间。朝九晚五，他们将打牌当成了正儿八经的工作。每个月就等在外头打工的家人寄钱回来，好过生活，或拿去当赌资。

我越来越不喜欢这庸碌的小镇了。

闲暇无趣时，我常常蹲在或站在理发店门口的杨柳树下，昂起头看天，海阔天空想心思。内心的小兽怂恿我出去走一走，逛一遭外面的五彩世界。

我下不了决心。

隔壁的门店空了约半年，屋主王秀兰已去南方打工。有人说她在五金厂，也有人说她在制衣厂，还有人说她在娱乐休闲城做捏脚工……林林总总的说法都是从官当镇嚼舌的妇女嘴里传出来的，我懒得去多想，她又不是我姐我妹，在外头做什么都不与我相干。后来王秀兰托她姑妈把房子租给了乡下来的一家人。说是一家人，实际上只有母子俩。因为搬完家的第二天，男人便去了南方的深圳。

那是一个久雨初晴的下午，北风刮过后的杨柳树仅剩下残枝败叶。一辆手扶拖拉机停在落满枯叶的泥地上，一胖一瘦两位中年男人站在车上卸家具。家具极其简单，一张床，一个衣橱、碗柜，三把还是四把木椅子，再就是锅碗瓢盆之类的厨具。对比先前简陋的家具，最后卸下的梳妆镜却考究、精致，像电视里富家太太使的。年轻女人的丈夫背对我，我只看到他不太高大的背影，满脑壳乱糟糟的头发。我猜想男人的脸肯定是一张还未睡醒疲惫的脸。但我没能得到机会证实，此后我再也没见过那个头发乱糟糟如同鸟巢的男人。

女人懂一门手艺，会裁缝活。搬来后的第五天，她撑开门面，开起缝衣店，但她根本不是做生意的料，没有生意人精明会算计的头脑。明明是个暖冬，她却不顾天气，从外地采购来大量的鸭绒，打算做鸭绒棉袄，天冷了卖。

之后每天隔壁传来缝纫机哒哒哒聒噪的声音，半个月下来，女人的门店里挂满了鸭绒棉袄，羽絮漫天飞。衣服做好了，女人时常走到门口，望着暖冬沉闷的天空喃喃自语。她盼着小镇落一场雪，雪最好能落大一点，久一点。

女人并没能盼来西伯利亚冷空气，天气依旧暖和。可想而知，女人缝制的棉袄一件也卖不出去，只有她三岁多四岁不到的儿子穿着她缝制的棉衣，一天到晚拍打着皮球满地跑，累得满头大汗。同样身穿自制棉衣的女人不时地拿毛巾追在小男孩身后，将毛巾隔在他的背上，防止男孩感冒。

跑着碎步，女人嘴里爱怜似的骂，小东西，你就不能安静会儿，让老子省省心，坐椅子上歇口气！

肯定女人是早婚，看上去她大不了我几岁。顶多二十五六岁的样子吧。

一晃眼冬天过去了。女人缝制的鸭绒棉袄积压在门店里，明显地她的眉头紧锁起来，额头布满愁云。生意惨淡，女人对自己经营的缝衣店失去信心。或者她并不是个勤快人。

女人开始三天打鱼两天晒网。

隔那么几天，她就紧闭大门，动物冬眠似的睡起懒觉。许多个日子里，我不时地目睹女人黄昏时分开启闩紧一天的大门，嘴里打着哈欠，左手叉腰右手捂住正哈欠的嘴。细瞅女人，她生得蛮耐看，加上穿衣打扮，我发现她并不像乡下来的女人。她不过是在搬家的那天罩着乡下人下田干农活穿的粗布衣。仔细瞅她的手，就不是干粗活的手，要是长期干粗活的话，手掌会磨起茧子。

直到早春，我才跟新邻居产生交往，先是从小男孩开始的。

二

屋前杨柳树吐出新芽，不知疲倦的小男孩又开始了他的拍皮球运动。他抬腿一脚，皮球弹跳过阶沿，溜进我的理发店。接着，小男孩拢过来，他挪动步子的动作像野地里警惕的鹌鹑，每走一步小心翼翼。

理发店里没客人，我正闲坐在木椅子上嗑瓜子。穿戴整齐、洁净的小男孩缩了两下脖子，鸽子般怯生生地望我，几根干净细嫩的指头羞涩地戳在一起，立在门边待进不进的。他那眼神如同春天吐翠的绿芽，充满生机。整个春天装在了他的眼眸里。那是我长到二十多岁，见过的最漂亮最精彩的眼睛。

我将脚下的皮球踢还给小男孩，站起身，抓起一把瓜子递给他。小男孩想过来接，又不敢。我露出善意来，他还是不敢拢过来。这时女人出现在店子门口，柔声地说，达达，喊姐姐！小男孩望着我喊了声"姐姐"，声音细得只有他自己能听见。他又扭头瞄女人，眼睛不眨，手里捧着邋遢的皮球，却不挪步子回去。

女人明白过来他的意思。她说，姐姐给的瓜子，你可以吃！

小男孩这才朝我拢过来，伸出一只沾满灰尘肥嘟嘟的小手掌。我拉他走到洗脸盆旁边，净了手。边嗑葵瓜子小男孩边朝我笑，骨碌转动眼珠子。看得出来，他还是有些怕我。但我愿意亲近眼前这可爱、生动的笑脸。

小男孩是个精灵，一举一动十足绅士。

两天后的黄昏，我走进女人的缝衣店，好心帮她恢复信心。从蒙上灰尘的一堆鸭绒棉袄里，我挑出一件，试过合身便买了下来。女人张大嘴巴，惊讶地望我。看起来她对我的举动不太理解，春暖花开了，只有神经错乱的人才会选择这个时机购买保暖的棉袄。

　　算是回报，隔天女人来了我的店里做头发，我替她设计了一款韩国流行的发型。做完后，女人瞪大眼珠子，瞅着镜子望了半天。等回过神来，她朝我连竖了三次大拇指。

　　有一段阳光很好的日子，若是理发店没客人，女人常来跟我聊天。一直是她在唠叨个不停，我安静地当听众，耳朵旁蜜蜂般嗡嗡的全是女人的声音。每次她都会讲起她在深圳的老公，讲起深圳著名的景点世界之窗、欢乐谷、民俗文化村、大梅沙的海滩，还有深南大道夜晚霓虹闪烁的灯火，以及深圳热气腾腾的生活。讲到最后，她会叹上一口气，说，这镇上的日子，真是无聊透顶！讲的次数多了，女人见我反应不大，毫不表示羡慕，她也就不怎么跟我扯淡了。

　　女人从不跟镇上其他人“吹牛”，她总保持着刺猬般的警觉，可能她是担心别人传播她过去奢侈、享乐的生活。女人讲的那些话，我也是半信半疑，就她那满脑壳乱糟糟头发的老公，是提供不了锦衣玉食生活给她的。

还是跟从前一样，女人不怎么关心打理她的生意。跟小镇上的人混熟了，春天她不再睡懒觉。只要一有人上门，邀她去麻将馆，她便早早地出门，把小男孩丢在我的理发店，让我帮她照看。有时她干脆把孩子交给我，连中午饭也懒得管。小男孩干净、乖巧，我愿意照看他，管他的饭。

看得出来，女人打牌的手气并不好，总是输多赢少。赢了钱，回屋时，女人会带着七分笑脸，还会给小男孩捎些零食。输了牌，女人的脸变成阴天，隔着墙壁，我也能听到她的怒吼，打雷下雨。或许不只是输了牌的原因吧，女人还有其他烦心事。

我不知道以前女人聊天讲的那些话，哪几分是真话，哪几分是假话。有一回她在隔壁小卖店公用电话机旁打电话，讲不到三分钟就跟那边骂起架来，隐隐约约我听到女人说，孩子是你的，生活费就快花光，他就要饿死了……讲完女人怒气冲冲挂掉电话，气急败坏地回了屋，将恶气撒在小男孩身上。

女人脾气变得暴躁起来，不如从前和颜悦色。安静的夜里，隔壁时常传来小男孩尖利的哭号，云雾般在暗夜升腾。

跟平常一样的又一个黄昏，我再次听到女人泼妇骂街式的叫骂，小东西，你爸爸不管你了，这个月的生活费，他还没寄来，你爸爸是想饿死你！女人喊男孩"小东西"时不再是柔和、怜爱的语气，而是嫌弃。她把小男孩当成了拖油瓶。声音沉默了片刻，女人又说，你喊我妈妈也没用，滚一边去！之后就是两记清脆的啪啪声，是甩巴掌的声音。

隔了几分钟，小男孩哭哭啼啼出现在我面前，目光惊恐地望我，像无辜羔羊般哽咽着说，姐姐，妈妈，妈……妈，打我……妈妈不要我了，我要爸爸！

三

女人絮絮叨叨，继续喜怒无常。

小男孩眼里装满的春天消失了，变成忧郁的秋天。他像一只病猫无精打采，总是一副郁郁寡欢、忧心忡忡的模样，鼻孔吊出清鼻涕，整天脏兮兮站在我的理发店门口。他连最热衷的拍皮球运动也懒得耍了。

替客人理好发，有空我就找立在门边的小男孩讲话。他总是沉默，眼神空洞地望我，或者突然嘴里蹦出一句话，姐姐，妈妈不要我了！

若是女人拎着皮包出门，小男孩便十分紧张，神色焦虑。他尾巴样地跟在女人身后，又担心女人揢他耳巴子，走路总跟女人保持一截距离。女人掉回头怒目横他，他就定在原地，无辜、惆怅地看女人，可怜巴巴的模样。女人继续朝前走，小男孩忍不住哭出声来，踮起双脚伸长脖子带着哭腔喊，妈妈，你不走，等我长大了，我养你，我给钱你花！听到小男孩的哭喊声，我差点流出眼泪水，而女人却狠心地朝前走，头也不回一下。

我心里厌恶起这个狠心的女人来，诅咒她该遭雷劈。

三天后的夜里，我正要关店门。女人闪身出现在我眼前。她矮着脑壳左顾右盼。看得出，女人找我有事。挥了两下手，我让她有话直说，莫拐弯抹角。女人羞红了脸，吞吞吐吐说，达达他害病……要去卫生院看病，我想找你借两百块钱！想到小男孩，我赶紧从裤兜掏出钱，择了两百块给女人，担心钱不够，我又抽了一张百元钞票递给她。

第二天我看见小男孩并不是生病的模样，我才知道，女人是找我借钱去赌牌了。听到隔壁女人心烦意乱地吼叫，我猜想她又输牌了。

刚送走一位客人，小男孩站在了我的店门口，犹犹豫豫朝我走拢来。他一改往日的沉默，朝我讪笑。他的笑容不再像从前那般天真、烂漫。笑过后，小男孩埋下头，两条跟麻秆一般细的胳膊摆在沾满米汤、果汁邋遢的胸前，几根指甲缝里塞满污垢的手指头搅在一起。像是鼓足了巨大的勇气，他大声说，姐姐，我没有饭吃了，我饿！

我不敢相信自己的耳朵，羞怯、绅士味十足的小男孩从来没有这么大声讲过话，这还是头一回。女人竟然指使儿子来找我讨钱，或者说借钱。

小男孩的眼泪呼之欲出，我不忍心拒绝他，启开抽屉寻出两百块钱递给他。我打着手势告诉他，他的妈妈要是再借钱，让她直接找我！弄懂了我的意思，他不停地点脑壳，点得像小鸡啄米。接过钞票，他扭头转身跑出门。外面传来他的喊声，妈妈，我找姐姐借到钱了，找姐姐借到钱了我！

估计是小男孩把我的意思学给了女人听，她没再过来找我借钱。

持续一段阴雨后，出了大太阳，月底女人终于盼来了汇款单，取过钱，她把我五百块钱的旧账还了。她又去我隔壁小卖店拨打电话，这次女人讲电话细声细气，语气比棉花还柔软。

打完电话回来，女人眉角轻扬，满脸喜气。疾步走进理发店，她说，隔两天我要带达达去一趟深圳，你给我做个头发吧，就是上回你给我做的那个发型！女人吃过蜜饯，讲话带了甜味。这一天女人的心情不错。

去深圳临走那天，小男孩打扮得漂漂亮亮，跟我第一次见到他时一样，干净，整洁，绅士派头。要去深圳看爸爸，他的脸笑成了一朵花，走路上蹿下跳。他喊着"姐姐"跟我道别，三步一回头。

小男孩过去那晶莹透亮的眼神似乎又回来了，又似乎没回来。

四

落雾麻雨的那天下午，我盯着远处雨雾发愣。远远地望见两个人朝我迎面走来，是女人领着小男孩回来了。女人添置了身新衣。小男孩也是，他头发梳得溜光，看上去打了定型发胶。

拢近后，我发现小男孩手里握个玩具，是变形金刚。边走他边摆弄手里的家伙。女人跟我打招呼，模样比捡到宝更高兴。小男孩低眉望我，也不喊"姐姐"，他并不比去深圳之前高兴多少。明显地小男孩消瘦了。

刚见面女人便说，我就要离开小镇了，到时带不走的家具全留给你，我该谢你的，你照顾达达那么久！女人讲得动情，感觉就像她已经打好了包，随时准备离开。

女人是个急性子，落屋屁股没坐热，她一把椅子一把凳子开始往我的理发店里搬。她是急切地想离开官当镇，去热气腾腾的深圳生活。

过了三四天，我从女人打完电话焦急的神色里琢磨出来，她一时半会儿走不了，不会立马离开官当镇。女人转回我这里，又将送给我的那些凳子椅子厨具一件一件搬了回去。她望着我尴尬地笑，说，我先拿回去用，这些东西迟早是你的！

实际上我才不稀罕女人那些东西，我希望她对小男孩好一点。

可是女人控制不住情绪，患了焦躁症似的喜怒无常，发起脾气如泼妇骂街。好像小男孩上辈子欠她的，又或者小男孩是她抱养的，不是亲生的。一不顺眼不顺心，她便破口大骂，小狗东西，给我滚，滚远点，你爸爸不要你了！原先女人只在屋里关了门骂，现在门也懒得关，站在门口就噘起嘴巴骂人，不管三七二十一。

小男孩怯懦地说，我爸爸是马红军，他不是我爸爸！

女人横了他一眼，扬手做出打人的动作，说，你再狡嘴，老子撕烂你的嘴巴！小男孩赶紧跑开几米远，停住脚，立在那里又回了一句，我姓马，我叫马达，马红军才是我爸爸，那个姓胡的人，不是，不是我爸！

这一切我都看在眼里，脑子迷糊了，隔壁的女人实在让人捉摸不透。她去了趟深圳，不是去看那个头发乱糟糟的男人吗？我心里一团迷雾。

女人急眼了，弓身脱下左脚的高跟鞋，扔向小男孩。鞋尖正好砸在他额头，瞬间血冒出来。好多天，小男孩额头缠着白纱布。沉闷的午后，他总是站在大太阳下，目光空洞地望远处，或痴痴的眼神看街上行走的路人。有时候，他会中邪般突然跳起来，追赶身边的一只鸡子，或者拣路边的鹅卵石，狠力地砸两三米远路过的狗子。

端午节前，中午我正端着洋瓷碗吃粽子。小男孩胳肢窝夹着变形金刚，盯着我，蠕动着喉咙。我剥了颗粽子，蘸好白糖递给他。凑到鼻子下嗅了嗅，他将粽子扔到泥地里，说，我要吃寿司，我要吃深圳的寿司！往回跑了三步，突然小男孩陌生地看着我骂起粗话来，狗东西，滚开……滚远点！

他骂骂咧咧走到杨柳树下，一屁股塌在地上，玩起变形金刚。等我再滑眼看他时，他将深圳带回来的玩具卸成无数块，散落在灰扑扑的街道上。站起身他瞪大眼睛，丢了魂似的嘀咕着，他进家门时还在嘀咕，他不是我爸爸，我爸爸姓马，不姓胡！

五

　　从天而降的那个男人两只手拎着大包小包。他半白半黑的头发交杂在一起，剃的是平头，讲话满口台湾腔。跟台湾电视剧里的市井百姓一个口音。他不是女人初搬来时，那个头发乱糟糟的男人。偷瞥许多次，我专门比较了背影，太不像。

　　在男人面前，女人慈母似的将小男孩揽在怀里，替他修剪指甲。那还是在我这边借的指甲剪。男人一来，女人黯淡的眼睛点亮了。天不黑，她早早地关了大门。隔一堵墙，女人那边传来细微的声音。

　　女人说，达达，爸爸回来了，你喊爸爸呀你！

　　听不到回音。

　　女人语气不耐烦起来，嗓音也提高了，说，喊爸爸你，你喊不喊？

　　还是听不到回音。

　　啪，一个巴掌落下来。接下来哭泣声响起。男人责怪起女人，说，教育孩子得有耐心，有话好好说，动手干什么你！

　　女人说，要教育孩子，你怎么不接他去深圳，接我们母子去深圳！

男人说，芬芳，你又不是不知道，我老婆发现了我俩的事，都四五年了，马上我要回台湾，这次特意来看你们母子！

突然隔壁响起小男孩尖利刺耳的喊声，滚，滚得越远越好，你不是我爸爸，我爸叫马红军。

啪啪，女人又动手了，两记巴掌落在小男孩脸上。

这一次挨打，小男孩没哭。倒是女人哭起来，哭了许久。女人打着哭嗝，哽咽着说，你回台湾了，那我们母子怎么办？你不管我可以，你儿子你不能不管！

……

天阴起来。

男人住到第三天，女人拎竹篮去了菜市场。男人极富耐心地陪小男孩耍，又去小卖店购买零食。小男孩两口三口吃完，牵起男人的手，扯着他往小卖店走。男人似乎觉得男孩开始接受他了。他说，达达，喊爸爸，喊了我再买旺旺饼干你吃！

小男孩瞥了眼男人，矮下脑壳，幽幽地说，狗东西，滚，滚得越远越好！

男人的脸涨得通红，继续说，达达，喊爸爸呀！

猛地小男孩嘴里爆出一句，滚，你不是我爸爸！

男人抡起巴掌，但他强忍住，没有甩在小男孩脸上。望着阴郁暴雨将至的天空，他重重地叹了口气。

本来打算多住几天的男人，在第四天就走了。步子迈出缝衣店，他头也没回一下。后来女人再到小卖店打电话，从来没有过笑脸。而官当镇那位刀削脸邮递员也再没站在门口喊，林芬芳，林芬芳，有你的汇款单。

再一次打电话后，女人边哭边跑，回到屋里狮子吼，她说，狗东西，现在好了，连窝囊废马红军都不要你了，不认你了……女人抽泣着，又说，狗东西，你说马红军是你爸爸，他现在跟别的女人跑了，他要跟老子离婚，当初老子是怀了你这个狗东西，才跟他结婚的，那个狗杂种不知好歹……

女人在屋里摔碗摔碟。我进去时，满地狼藉。小男孩躺在地上，掀起褂子，痴痴地摸被捏得青一块紫一块的肚皮、腰身。目睹屋里火药味漫天的气氛，我退出门。

六

从此女人变了个人，不爱打扮，日子一长，蓬头垢面。

燥热的夏天，小男孩穿的衬衣久不换，馊了的饭菜般散发出酸腐味。知了聒噪啼鸣的午后，我发现女人屋里常有男人出入。小男孩站在屋门口烈日下,目光似刀子,逼视进出的男人。

桂花飘香时,女人跟镇上游手好闲的王二毛好上了。他们住在了一起。王二毛经常像拎小鸡仔那样,将小男孩提到门外,然后闩紧大门。在关门之前,他伸出脑壳,皮笑肉不笑地说,滚一边去,老子现在要跟你妈睡觉!

官当镇的少年路过理发店,若是看到坐在门口捞泥巴玩、掏蚂蚁洞的小男孩。他们就会像鸭公那样高喊几声,野种,野种……然后吹起唿哨扬长而去。

女人跟游手好闲的王二毛在一起好景不长。隔不久王二毛开始对女人拳打脚踢。经常女人会一副鼻青脸肿的模样出现在街头。好事的人故意调侃她,问她怎么回事!女人眼神游离,左顾右盼压低声气,扯谎说,我,我……不小心摔的!

十月初的一天,王二毛又开始对女人动粗,边打边骂,贱货,婊子养的,你以为你是好东西。沉默多日哑了嘴巴的小男孩走上前,卫护说,不准你欺负我妈妈!王二毛甩手给了他一巴掌。小男孩流出鼻血,仍用刀子似的眼神逼视王二毛,继续嚷,狗东西,不准你欺负我妈妈!

跟往常一样,王二毛拎起小男孩,将他关在了大门外。

小男孩握紧瘦弱的拳头,直杵面前挡住他去路的木门。

他的手擂出了血，斑斑血迹留在木门上。边擂门他边嚷，不准你欺负我妈妈！

擂不动门，小男孩换成用脚踢。里屋传来女人的号哭和王二毛骂的脏话"婊子养的"。小男孩急得涨红了脸，脖子青筋突起。环顾一圈，他捡起不远处的一颗石头，握在手里砸门，他撕心裂肺地哭喊着，狗东西，不准欺负我妈妈！我爸爸……要回来了！

举石头的右手砸累了，他又换成左手。闩紧的木门依旧牢不可破，他累得趴在了门边，但他还在不停地砸门，不停地嚷。久砸不开，他干脆丢了石头，伸出手用指甲抠门缝。鸡蛋碰石头，他那十个满是污垢的指头缝浸出鲜红的血。那血染红了木头门。他匕首般尖利的号哭最后哑了，没了声音，他趴在门上还在嘤嘤地哭，嘟嚷着……不准欺负我妈妈！

目睹瘫在门口的小男孩，目睹木头门上斑斑血迹……我的眼泪水不由流出来。

官当镇的街坊围在屋门口看热闹，那些妇女一开始还在嬉笑，看到小男孩无奈的哭喊声、砸木门的声音，笑脸变成哭相。妇女们立在那里抹眼泪，跟小男孩一起落泪，边抹泪边咒骂挨枪子遭雷劈的王二毛……

经历了这些事情，我终于下定决心，离开官当镇这鬼地方。我以最快的速度将理发店盘给了一位温州人，据说他打算在镇上开一家温州松骨店，经营按摩的买卖。

走的那一天，我有些不舍和忧伤。瞄了眼门楣上的牌匾"哑妹理发屋"，又抬头瞥了一眼灰蒙蒙旧抹布似的天空，我拖起带滚轮的行李箱，急匆匆地走。

我想我若不哑，若是跟正常人一样能讲话，我早就去南方的深圳打工了。或者去北京过生活。有一门理发的手艺，我相信在哪里都能混到一口饭吃。

可我不是正常人。

现在我管不了那么多，我就想离开官当镇，立刻。离开这对闹得我心烦意乱的母子。

走到杨柳树下，背后又传来小男孩断断续续稚嫩的骂声，妈妈，妈妈……贱货，婊子……婊子养的，给我滚……滚得越远越好！

我不敢回头。

我怕看到他一身脏兮兮坐在泥地上的模样，怕看到他空洞、呆滞、幽怨的眼神。

曾经他可是个精灵。

刊载于《天涯》2009年第3期

铁壳口哨

一

　　一九九七年冬天，椰城冷得出奇。现在回想起来，让人感到寒冷的不是天气，而是人心。那年冬天，一场劫案过后，马冬父亲失踪，他和母亲陷入漫无边际的悲伤。七岁的马冬记得当年发生了两件大事，一是香港回归，二是父亲失踪。对他们家来说，后者才称得上是真正的大事。

　　有段时间，马冬父母吞了枪药似的，经常发生争执，有时小打小闹，有时大吵大闹。甚至有一回，父亲发疯从厨房寻来菜刀，不是砍母亲，而是预备剁他自己。父亲右手紧握刀柄，单薄的左手掌摊眼皮底下。

　　父亲说，反正这只手没卵用，剁掉算了。

　　母亲说，你剁。

　　父亲扬起刀，刀刃闪亮，刺眼。晃了晃，他说，真剁了？！

母亲说，你剁。

看陌生人般盯看母亲无动于衷的脸。父亲说，阿珍，到底你是不是我老婆？

母亲说，马建军，仔细想一想你干的那点事，配吗你？配当人家老公吗？是个父亲的样子吗？

父亲说，我戒赌。

母亲说，这话你讲过多少次，谁信？

父亲说，相信我，这次是真的。稍后父亲逃兵似的丢弃菜刀，哐当一声响。父亲没有挥刀剁手的勇气，双手捂脸，他低声哭起来。

……

那次争吵后不久，父亲就失踪了。

头天夜里，父亲没回家，母亲以为他在外头打牌，没在意。临睡前，母亲说，这个烂赌鬼，死在外头才好！又说，冬冬，把门反锁好，你爸回来，让他进不了家门。马冬没听母亲的，只是关好门，没反锁。他不想把父亲关在门外，就算父亲嗜赌再怎么烂，好歹也是他亲爸。

第二天傍晚，马冬从学校一路小跑回家，嘴里呼出热气，变成一团白雾。冬天，天黑得早，到家时，天空似泼了墨，被黑色笼罩。马冬希望回家就能见到父亲，看他安静地坐在客厅，舒服地靠在椅背上，跷起二郎腿，无所事事地喝功夫茶。

寻了一圈，客厅没有父亲，卧房也没有，只有母亲站在厨房挥动手臂做饭，弄得锅碗瓢盆当当响。母亲扭头看马冬，什么话也没说，继续握刀切菜。那把菜刀闪过亮眼的寒光。晚饭吃得没滋没味。母亲嚼着米饭，不时来一句，砍脑壳的，都两天了，不回家吃饭、不落屋，真把赌博当饭吃了。临睡时，母亲没喊马冬关门，她亲自走去关门，把木门撞得山响。马冬担心母亲反锁大门，不让父亲进屋，趁她不留意，跑去查看，门没被反锁。马冬发现母亲嘴上讲一套，心里想的却是另一套。其实母亲跟他一样，眼巴巴盼着父亲回家。

父亲却没回来。

第三天是礼拜五，马冬谎称肚痛，没去上学，待在家里休息。他抱出一堆玩具在客厅玩，玩具是父亲买的，有两把塑料手枪，一支长一支短，还有铁壳口哨、积木、《水浒传》人物贴画和一只面具。面具是个骷髅头头像。马冬搞不清父亲为何要把骷髅头面具当礼物送给他。刚拿到手时，他吓得心尖一颤，不喜欢。直到某日他戴上面具，把院子里的小伙伴吓得鸡飞狗跳，才喜欢上它，心想这面具具备魔力，能把他变成一个令别人害怕的人。

又戴上面具。

马冬望了眼窗外灰蒙蒙的天空，手握短枪，枪口对准坐客厅椅子上织毛线衣的母亲。他说，妈妈，怕不怕我你？母亲说，赶紧摘下来，别学你爸，还靠戴面具壮胆，鬼样子吓死人。马冬得意地笑了，他心里说，我是魔鬼。但母亲看不见他面具下的笑脸。

隔不久，父亲五金公司同事郭志勇来访，手里拎个塑料袋，袋内装不少苹果。母亲说，人来就好，还拿什么东西！又说，冬冬，郭叔叔来了，喊人。

马冬喊了一声郭叔叔。一只手摸他脑壳，再塞给他一枚苹果，郭志勇说，冬冬，红富士苹果，拿去吃。目光转向母亲，马冬征求母亲意见，苹果香味四溢，他吞了一口涎水。母亲点脑壳同意，他才接过苹果，跑去厨房，洗净，迫不及待啃起来。站厨房灶台边，他专注吃苹果，客厅隐隐约约传来大人的谈话声。

郭志勇说，阿珍，听说建军出事了，啥事？

母亲说，除了赌博，他能出啥事。

郭志勇说，大家都在传，是抢劫，他抢了金店。警察找上门，来公司调查过。

母亲说，估计他们弄错了。

郭志勇说，真没事？

母亲说，我们普普通通过日子，还能有啥事。

短暂沉默过后，郭志勇起身离开，边走他边说，阿珍，有事捎个话，莫见外，我跟建军还有你可不是一天两天的朋友。

原本马冬打算吃完苹果，端杯茶水给郭志勇喝。但从厨房出来，只剩母亲一人待在空荡荡的客厅，他把那杯水递给母亲。他说，妈妈，喝口水。又说，别担心爸爸，今天晚上他一定会回家。

母亲说，冬冬，你要记住，希望越大失望越大，我可不指望你爸今天能回来。

马冬盯着母亲眉间，母亲讲话的样子忧心忡忡的。他从玩具堆找出铁壳口哨，衔嘴里，猛吹。一阵哨音过后，马冬说，妈妈，爸爸跟我讲过，听到哨音，就知道我在找他，他就会回家。真的，不骗你！

二

薄雾正在消散。

临街那家金店，门前围一堆人。他们站在警戒线外交头接耳、窃窃私语，谈论二十分钟前的金店抢劫案。当中一位小年轻大约是目击者，比其他看客显得激动，他说，顶多两分钟，可能不到两分钟，两个劫匪就携带劫获的黄金、钻石跑路了。小年轻挥手指向劫匪逃窜的方向，人流如鲫。他说，那里，就那里，停了一辆金杯面包车，他们似两只被撵的兔子，匆匆忙忙跳上车。

有人问，那你可是目击证人，看清劫匪长相没？

又有人说，抢劫的人不是傻子，脑壳肯定套了长筒丝袜或者头套，电视里、电影里不都这么演。

小年轻说，不对，不是丝袜、头套，是……他故意停顿不讲，吊起围观者胃口。好些嘴巴一齐张开，同时问，是什么，倒是讲啊你。小年轻神秘莫测地说，面具，他们戴的骷髅头面具，像两个幽灵在我面前一晃而过，还没反应过来，那辆面包车在人群里拐个弯就不见了，彻底消失了。

……

谢亚东和小刘赶到劫案现场，穿越围观看热闹的人群，步入金店。谢亚东不爱多讲话，办案时，他用千里眼观察作案现场、各色人等神态表情，拿顺风耳聆听多方线索、证词。小刘说他沉默的样子像潜伏丛林的猎豹，随时准备扑向猎物，一剑封喉。

两位女店员惊魂未定，她们讲述案发经过时，嘴唇发抖，声音打颤。待她们哆哆嗦嗦讲完，谢亚东说，你们还发现劫匪其他什么特征没有？当中一个说，那把枪顶我太阳穴，我一下就蒙了，他们要什么，我就给他们取什么，金项链、金镯子、金戒指、钻戒全部装进那只手提袋，袋子是藏青色的。另一个说，枪是那种土制火枪，用来打兔子、打野鸡的，小时候我在老家见过。有一杆枪指我鼻子，我想摁报警器，可能那人发觉不对劲，他说你老实点，信不信老子打爆你脑壳，我手脚就成了树桩，不敢动了。他们每人戴一副面具，是个骷髅头。看他们身材，起码超过一米七，长得都挺壮。

女店员提供不少侦破案件的辅助线索。小刘告诉谢亚东，目击者提供线索，有一辆金杯面包车接应劫匪，开车司机像喝醉了酒，车飙得飞快，但行车时车辆左摇右晃。小刘又说，估计劫匪一路逃窜，司机紧张，车开得不稳。

弯曲手指，谢亚东敲击柜台凉滑的玻璃台面，金店没有丝毫打砸痕迹，他盯着墙面的挂钟，猜测劫匪多次踩过点，他们肯定是有备而来，整个抢劫过程计划周密，时间节点、劫后路线恰到好处。他把抢劫经过在脑壳里演绎了一遍：

薄雾中一辆疾驰金杯面包车紧急刹车，停在金店门前。车上下来两个戴骷髅头面具的蒙面人，他们手持土制火枪，趁金店刚开门营业，店里没其他客人，他们快速控制仅有的两名女店员，一人拿枪戳女店员太阳穴，一人用枪口对准女店员蒜头鼻。带头的蒙面人将藏青色手提袋扔上玻璃柜台，手一挥，低吼，赶紧装，玩花样老子让你好看。一把一把的黄金项链、镯子、戒指、钻戒落入袋内。蒙面人瞄了眼墙面挂钟，他们不贪多，在计划时间内收手，迅速逃离作案现场，紧张而有序。

谢亚东暗瞄两位女店员，紧张、不安的表情告诉他，她们勾结劫匪的可能性几乎为零。他那毒眼释放的目光在店内逡巡，发现两米远的垃圾篓旁有一坨纸。他走过去，躬身捡起纸坨，展开，是一张工资条，显示的信息是——五金公司马建军。他招来女店员说，你们金店，大概什么时候打扫卫生？两位女店员一齐回答，店子打烊前。

回头望店门外，一群看客似蚁巢的蚂蚁，黑压压一片。将展开的纸条捏成一团，谢亚东说，小刘，走，跑一趟五金公司。

三

醒来时，夏洁拧开台灯，看秒针滴答行走的闹钟，才凌晨四点一刻。屋外北风呼啸，声音似莽林的野兽在吼叫。关灯，她继续睡觉，想起将要面对的一堆事，却怎么也睡不着。

身侧，床上另一半位置躺着的男人，呼噜声一浪接一浪。

夏洁睁开眼，又闭眼，手肘捅沉睡的老公。人没动静。她又捅了三下。身侧的男人哼哼两声，醒过来。她说，白天有空，去医院看看你爸。

男人说，好，有空就去。

夏洁说，一定得去。

男人"嗯"了一声，算是回应。

夏洁说，上午我去补缴住院费，或者你跟我一路走。

回答她的不是讲话声，而是细微的鼾声。稍后，鼾声似怒海翻涌的巨浪，逐渐增大，直到响彻整个黢黑的卧室。她无奈地叹了口气，翻身，背对身后的男人。她在心里说，下辈子，就算单身过一世，也决不嫁给警察，一天到晚跟案子打交道，不着家，也顾不了家。

再次醒来时，窗外雾蒙蒙的。夏洁感觉鼻子不通，喉咙似有蚂蚁爬，脑壳昏昏沉沉，浑身酸痛。她估计自己感冒了，冲了一袋三九感冒冲剂，趁热喝下。天气预报称椰城将要迎来第一场雪，气温又降了好几摄氏度。洗漱完毕，她计划去菜市场，购买两根筒子骨，煲汤。公公住院，每天她变着花样煲靓汤，中午饭前准点送达医院。

出门前，夏洁对躺在床榻上的男人说，上午我们一起去医院吧！

男人说，局里有事，办完事我直接过去。

夏洁说，晚上早点回家吃夜饭。

男人说，有事？

夏洁说，你自己过生日，你倒忘了。

她和念初中的女儿一齐走进薄雾中。冷气袭人，夏洁抬手，用指腹揉脸。一路遇见好几位熟人，都在询问她公公的心脏病。她说，做了冠脉搭桥手术，快好了，等两天出院。步入路口，女儿往东去学校，她往西去菜市场。买好菜回家，路过蛋糕店，她订了一款生日蛋糕，约定晚间八点送货，并留下送货地址。她到家后，里里外外收拾一遍，再歇口气，走进厨房清洗筒子骨，煲汤。

瓦罐搁置炉火上。文火熬汤。她想，得熬到骨香入汤。

停止劳动，屋子猛地就安静了，世界也瞬间安静下来。夏洁打盆热水，安安静静地洗脸、洗手，擦润肤露、护手霜。她翻出存折，再去看瓦罐汤锅，水和骨头一声不响。她吸了吸鼻子，感冒症状一点没减轻，头仍痛着。她想去一趟银行取钱，再回来，骨头汤应该就差不多煲好了，两不耽误。

仅带一只存折，夏洁便出了门。银行离家不远，她到银行时，前头排队取款存款办事的人不多，也就三人。很快轮到她，取钱后，她将一沓钱装进棉衣口袋，衣兜立马似吹了气，变得鼓鼓胀胀。伸手，她摸了下装钞票的口袋，确认钱藏兜内，迈步离开银行。

雾气仍在弥漫。夏洁感觉脑壳更沉了，鼻塞也更重了。走路她脚底发软，过马路时，她朝左边望，有辆面包车正行驶过来。她却没停止脚步，继续前行。面包车疾驰而来，是一辆金杯，似一发巨大的子弹，射向她。那一刻，她目睹了车内驾驶座位上一张惊慌失措的脸。

一声闷响。

夏洁幻化成一只飞翔的巨鸟，腾空而起。过后，又是一声闷响。飞鸟折翅，砸向地面，似发生了八级大地震，地面直打抖。那辆面包车丝毫没有减速迹象，肇事后继续加速前行，迅速消失在薄雾中。

四

赶往五金公司的路上，谢亚东又将工资条展开，递给小刘。他说，现场留下的，你怎么看？小刘接过工资条，作思考状。他说，师父，那帮人也太大意了。

谢亚东说，少贫，咱们能不能正经谈事。

小刘说，若假定马建军是当中一名劫匪，工资条就是他们百密一疏留下的线索。但我有个疑惑，这起劫案计划周详、组织有序，按说他们不应该犯这种低级错误。若不是他们犯错，那就是有意为之，想把我们引向歪路。

谢亚东没搭腔，点燃一支香烟，他重重地吸了一口，又吸一口，吐出薄薄的青烟。他说，跟我想的一样，若是后者，这案子就有点意思了。

小刘说，我倒希望是前者，早点搞掂，我好早日休婚假。

谢亚东说，你着急什么，我家老爷子还在医院躺着呢。

警车抵达五金公司，经人指引，他们找到马建军办公室。一个女人双臂张开，趴在办公台上，照化妆镜，左边眼眶乌青。女人是马建军办公室的王燕。谢亚东说，马建军在吗？王燕说，小马他两天没来上班，也没听说他请假。盯着两位穿制服的警察，王燕眼眸中闪过一丝不安。又说，小马，小马平时为人不错，他不会犯什么事吧？

谢亚东说，我们找他了解情况，他两天没来上班？

王燕说，这两天我在，没见他人。

望了一眼身旁做笔录的小刘，谢亚东若有所思，他说，马建军多高，身高？

王燕说，一米七出头。

小刘说，胖还是瘦？

王燕说，瘦，似根豆芽。

小刘说，你确定？

王燕说，天天待一间办公室，这还能错。不信你看，那边是小马办公桌，相框在那。

谢亚东的视线像是被一只手牵引，循声望去，见到摆台面的相框。照片是一张全家福，一男一女，男人怀中抱个男孩。男人真瘦，可以说是豆芽菜，也可以说瘦得似一根牙签。谢亚东手指敲击桌面，连续敲击，他在考虑什么事。盯着脚下的黑色牛皮鞋看，他说，马建军最近手头是不是缺钱？

王燕说，这事我不太清楚，不能乱讲。虽然同在一间办公室，但男女有别，怕别人传出闲言碎语，我们挺注意，交流实在有限。

谢亚东说，那他在公司跟谁走得近？

王燕说，小郭，郭志勇。过去他们是同学。

谢亚东说，只有小郭？

王燕说，就看他俩聊得热乎。

谢亚东说，小郭会开车吗？

王燕说，据我所知，他不会。

谢亚东说，那他在不在公司？

王燕说，应该在，我领你们找他。

随后王燕将办公桌上的太阳镜拾起，戴上。他们一行来到郭志勇办公室。郭志勇手捧一份《环球时报》，抬眼望见门口三个人。王燕说，小郭，两位警官找你打听马建军。讲完她返身走，没回自己办公室，而是上楼，进了另一个大龄女人办公室，添油加醋谈起警察走访。很快，警察找马建军这件事就在五金公司传遍。

郭志勇弹簧般起立，对折叠好报纸，将冒热气的瓷茶杯移至办公台左侧。他说，你们好，请坐。他客气地招呼两位警察。

谢亚东的目光仿佛测身高的精密仪器，上下打量郭志勇，很明显，他不足一米七，顶多一米六五。他说，不坐了，站着聊。你会开车吗？

郭志勇说，不会。

谢亚东说，这两天你见过马建军？

郭志勇说，建军出什么事了？

谢亚东说，没事，我们了解点情况，你照实讲。

郭志勇说，至少两天，我去办公室找他，没见他人。

瞟了两眼那份叠得整整齐齐的报纸，谢亚东说，你喜欢读报？

郭志勇说，就看《环球时报》，读点新闻打发时间。

谢亚东说，今天上午十点你在哪？

视线越过两位警察，郭志勇注视远处阴沉的天空，他说，办公室。办公室还有张顺，他刚出门，可能上洗手间，一会该回来了。或许，他会直接去吃中饭。

谢亚东说，马建军最近是不是缺钱?

郭志勇说，可能缺钱吧，他找过我，我手头也不宽裕，没答应。又说，有件事不知该不该讲?

谢亚东说，你讲，把你知道的都告诉我们。

郭志勇说，建军打麻将，玩得挺大。不借钱给他，我也是担心他拿去赌。

谢亚东说，还有呢?

郭志勇说，差不多就这些。你们大老远跑来，倒杯水给你们喝吧!

小刘说，不用，客气。

这时门口进来一个男人，满脸疲惫之色。郭志勇说，这位就是张哥张顺。

谢亚东说，张顺，你们上午在办公室，没离开过?

张顺瞄了一眼郭志勇，又看眼前的警察小刘。他说，当然，我们在，一直在。

谢亚东说，小刘，你还有什么问题?

抬腕瞥了一眼手表，小刘说，师父，差不多了，他们该吃中饭了。又说，马建军家的地址，麻烦告诉我。

郭志勇讲了一遍地址，担心他们弄错，又取笔写在一张纸上。写好，他仔细瞅了两眼，递给面前站得笔直的年轻警察小刘。小刘说，马建军老婆叫什么？郭志勇说，陈雪珍，我们喊她阿珍。谢亚东瞟了眼纸条上黑色的笔迹，跟工资条的字迹不一样。

目光注视着两位警察离开的背影，张顺一脸疑惑，神色又显得紧张。郭志勇说，张哥，没事，他们过来打听建军的事。张顺说，上午没人找我吧！郭志勇说，没，你昨天打招呼今天晚点到，领导找你或者有人找你办事，我晓得应付。

五

天阴沉沉的，似大雪将至。从五金公司出来，他们先后上了警车。

小刘说，师父，现在去哪？

谢亚东说，你说呢？

小刘说，先填饱肚子，再去马建军家。现在去，估计也只会扑个空，马建军多半不在家，哪有疑犯等着警察上门的。

谢亚东没反对，透过车窗玻璃，瞥见远处旧棉絮似的天空，他说，怕是要落雪了。又说，这个案子，越来越有嚼头了。

小刘说，我看是狗咬刺猬，无从下嘴。又说，师父，马建军办公室那女的，眼眶乌青，您怎么看？

谢亚东说，人家家事，你少八卦。

小刘说，家暴？

谢亚东没搭腔，从衣兜抽出烟盒，点燃一根香烟。

他们开车就近找到一家餐馆。小刘不看菜牌，他说，师父，还是老三样？不待谢亚东回答，小刘朝招呼他们的胖男人说，老板，夫妻肺片、红油猪耳、拍黄瓜，再加一碟过油花生。目光转向谢亚东，小刘说，师父，要不喝点？

谢亚东说，工作时间，咱俩喝点？

小刘说，师父，喝可以，但不能贪杯。

他们要来两瓶 125 毫升装红星二锅头。谢亚东拧开瓶盖，对瓶嘴抿了一口，他说，天冷，喝点酒暖暖身子。小刘来，先润润喉。又说，郭志勇这人，你怎么看？

小刘说，根据金店店员提供的线索，打劫金店的疑犯都在一米七以上，身材壮实，郭志勇不可能直接参与打劫。但他又不会开车，不可能是驾驶金杯面包车的司机。

谢亚东说，若是郭志勇说谎呢？

小刘也抿了一口酒，用大拇指和食指当夹子，从瓷碟里捡起一粒过油花生，送进嘴里。他说，到时我查查驾驶证记录。

谢亚东说，不拿驾照，也能开车。目击者不是说，司机开车不走直线，左右摇晃，你说是紧张造成的，也还有一种可能，司机是个生手。郭志勇这个人，我总觉得他哪里不对劲，还有他办公室那个张顺，味道不对。

食指指向桌面的菜盘，小刘说，师父，哪道菜味道不对？

谢亚东说，人，是人味道不对。站他们办公室，你用鼻子嗅一嗅，就能感觉到，不对味。他们身上藏着事。

小刘说，郭志勇一直在办公室，他有不在场证明。

谢亚东说，若张顺讲的不是真话呢？

小刘说，师父，你把问题想复杂了吧。说不定就是一起普通的抢劫案，马建军是疑犯之一，找到他，另外两名疑犯也就找到了，案子也就结了。我希望如此。

谢亚东说，这样当然最好。又说，小刘，你再想想，假定马建军与劫案无关。

小刘说，马建军跟劫案无关，他是幕后疑犯抛出的烟幕弹。劫匪何必多此一举？

谢亚东说，那样的话，疑犯就比我们想象的更难对付，他们下了好大一盘棋。

小刘说，师父，你是说他们使障眼法。查到马建军，再查下去，线索就断了。那马建军岂不是有危险？！

谢亚东说，赶紧喝酒，喝完办事。我倒希望案子简单点，要不然，马建军现在生死难料。若果真如此，马建军怕是已经不在人世。

小刘说，师父，你倒是仔细讲讲。

端起酒瓶，谢亚东扬脖喝完最后一口，夹菜，夫妻肺片、红油猪耳，接连送进嘴里。他说，先去马建军家看看。我在想，疑犯为何要戴骷髅头面具，而不是其他遮蔽物，他们是想暗示什么或者隐藏什么？

小刘说，老天保佑，希望马建军还活着。

谢亚东说，小刘，活到我这把年纪，你就会明白，凡事往最坏的方面想，反而会收获惊喜。一开始就如此乐观，不见得是好事。

小刘说，师父，你这心态够沧桑，掐指算算，起码得七八十岁。

谢亚东说，咱走着瞧。不放过任何一个可疑对象，也不要冤枉任何一个好人。

六

廊道传来笃笃笃的敲门声。

阿珍停止针线活，她说，冬冬，开门去。又说，赶紧的，别磨磨蹭蹭。马冬以为是父亲回来了，一想，又觉得不对，父亲白天回家从不敲门，父亲是喊门，喊母亲或者喊他开门。拉开门，门口站着两位警察，身穿笔挺的制服。

他们是谢亚东和小刘。

马冬头戴骷髅面具，手持塑料短枪，吓他们一跳。马冬发现年轻警察小刘右手抖了两下，手伸向后腰，预备掏什么东西。谢亚东说，莫大惊小怪，是个孩子。小刘缩回手，又伸出手，摘掉马冬的面具。马冬心里惧怕警察，不敢躲闪。

小刘说，马建军在家吗？

马冬闻到一股酒味，是父亲在家喝酒，两三杯酒下肚后讲话的那股味道。他说，我爸不在家，我妈在家。

小刘将面具递给谢亚东。这时响起 BP 机的嘀嘀声。谢亚东反复瞅那只面具，拉扯套头皮筋，嘴里嘀咕说，也是骷髅头。像是突然回过神来，他说，你爸不在家？

马冬说，我爸都两天没回家了。

BP 机嘀嘀声响个不停。小刘说，师父，有人呼你。谢亚东将别腰间的 BP 机取下，是局里的座机号码。他说，局里来电，办完事再说。

他们跟随马冬，走进家门。阿珍眼望马冬身后的警察，停止手头针线活，脸色白得似张纸。她说，我们家建军又给你们添麻烦了？

谢亚东说，你是马建军爱人吧，我姓谢，刑警大队的。扭头，指着小刘，他说，这位是小刘。告诉我们，马建军现在什么个情况？

阿珍说，那个砍脑壳的，他两天两夜没回家，是不是又要我拿钱去派出所赎人。

谢亚东说，马建军他人在哪里？

阿珍说，谢警官，马建军不是给你们抓了？

谢亚东说，我们到处在找他。

阿珍说，谢警官，今天马建军要是不回家，我就打算去报警。我也想知道他人在哪，赌博，也不能赌三天三夜吧！

谢亚东说，你是他爱人，你不知道他去向？

阿珍说，砍脑壳的到底犯了什么事？

谢亚东说，今天上午发生一起金店抢劫案，我们怀疑马建军跟案子有关。他又强调说，当然，目前只是怀疑。

阿珍说，抢劫，就他那个胆，你借他一万个豹子胆，谅他也不敢。你们，你们会不会搞错对象了。

谢亚东说，我也希望是我们弄错了。

阿珍当着警察的面哭出声音，边哭边说，这个挨千刀的，嫁给他，我就没过一天安生日子，前世我造了什么孽，这辈子嫁这么个人。

马冬走到母亲身边，想安慰母亲，却不知说什么好，他的眼泪水无声地流出来。

两个警察在客厅、卧房来来回回转了好几圈，衣柜、床底都查了个遍，似乎没找到想要的东西和线索。客厅靠墙的木桌上搁着一袋苹果。谢亚东指尖敲击木桌，他说，苹果挺新鲜，谁送的？阿珍说，建军同事。谢亚东说，郭志勇，他中午来过？阿珍说，嗯。谢亚东说，你叫陈雪珍，是吧。阿珍，若是真心为马建军好，他有什么情况，尽早通知我们。他交代旁边的小刘留了个电话和地址。又说，有事打电话，或者直接去市局找我们。

谢亚东环顾一圈客厅的摆设，也就几把木椅、一张木桌，他的目光凝视墙面的年历挂画，若有所思地说，马建军会开车吧？阿珍说，他连自行车都不会骑。谢亚东看着马冬说，小朋友，这个面具，我们带走。马冬心里一万个不愿意他们带走骷髅面具，但他不敢讲出来，只是暗自说，这是我爸送我的礼物，你们不能拿走。

两位警察走后，马冬感觉他们家一下冷了好几摄氏度，母亲的表情像是冰块合成的，看得到冰碴。阿珍将织了一半的毛线衣和毛线球搁在木椅上，枯坐客厅，似一尊雕塑。马冬不知母亲想到什么事，眼窝湿了，眼瞳是红的。他不敢惹母亲，连走路都走得小心翼翼，生怕惊动她，惹来怒号。

他们一前一后从马建军家离开。小刘说，师父，你神了，你怎么知道送苹果的同事是郭志勇？

谢亚东说，猜的。

小刘说，连时间都掐得那么准。

谢亚东说，苹果皮蒙了层水珠，肯定是刚买拿到家没多久。苹果不可能是阿珍自己买的，马建军失踪了，他们母子哪有心思吃苹果。对了，BP机一直响，我得给局里回个电话。

他们找到一家公用电话亭。

谢亚东打完电话，再回到车上时脸色凝重。他说，小刘，我得去趟医院，你打个车自己回。又说，张顺那边，你再走访聊聊。

七

夏洁躺在重症监护室，深度昏迷。

透过玻璃，谢亚东凝视沉睡的妻子。妻子似一位陌生人，身体横躺在铺了白色床单的病床上，头部被一层白纱布裹得严严实实，蓝白条纹被子盖紧身体。他多么希望眼前的伤者是另一个人，甚至是他本人。

一片白色笼罩病室，白光晃眼。

女儿也来了，趴玻璃窗前细声抽泣。他将女儿揽在怀里，女儿的脸冰冷湿滑，哭得身体直打颤。他安慰说，有爸爸在，妈妈会好的，别担心。

一位戴口罩、穿白大褂、鬓角灰白的医生走过来，冲他挥手。他想避开女儿谈妻子的病情，随医生去了办公室。医生告诉他，病人头部受到重创，颅脑外伤、脑挫伤，大脑仍有少量出血，暂时没有脱离危险期。还有，家属要有心理准备，病人就算脱离危险，若住院期间病人能醒来，那就万事大吉。若不能醒来，家属要做好打持久战的准备。谢亚东说，您的意思是？医生说，病人可能会成植物人。谢亚东说，我爱人有机会醒过来吗？医生说，病人这种情况，我打不了包票。我只能告诉你，三个月内是治疗和康复的关键时期，一年内苏醒机会较大，如果超过了一年，苏醒的可能性就非常渺茫。病人能醒过来，除非出现奇迹。

他从医生办公室走出来，廊道冷冷清清，远处只有女儿趴在窗边。女儿那无助的模样，像是无边草原上迷路，跟母兽走散的幼兽。有一阵，他脑子出现短暂空白，提线木偶似的，直行至女儿身边。

女儿说，爸，妈妈什么时候能出院?

甜腻腻的声音唤醒他。瞬间他就清醒了，清楚他除了是丈夫，还是个父亲。他说，快了吧!

女儿说，爸，你可别骗我，我想吃妈妈煮的饭、炒的菜!

他说，爸爸也会做饭。

他又把女儿揽入怀中，手指嵌入黑色发丛，指腹轻摁头皮。他冰冷的手指瞬间被温暖包围。

刑警队同事来了，小刘也在当中，他们来看望他的妻子夏洁，同时带来了消息。小刘说，师父，肇事车是一辆金杯面包车，初定确定是金店抢劫案劫匪驾驶的车辆，劫匪已弃车跑路。他们找到车主，据车主说车辆两天前被盗，已报失。他没搭腔，不知该说什么，本来他就是个话不多的人，这时候他更沉默，似一头忧伤的豹子。同事们站在重症监护室门外，轮番安慰他。他说，大家手头都有工作，别在这干耗着，赶紧去忙，去忙吧!

夜里，他带女儿看望父亲，父亲做完心脏搭桥手术，由母亲照顾，恢复得不错。母亲说，小夏今天说过来，没见她来。他没提车祸的事，转移话题交代父亲好好养病，母亲注意休息。缴完住院费，他便跟女儿走回家。

家门口，一个男孩蹲地搓手，身边搁一盒蛋糕。男孩见来了人，站起身，他说，这是夏小姐家吗，上午她订过一盒生日蛋糕。又说，约好八点送货，等了你们快两个钟头，冻死了。男孩不停搓手，腿也蹲麻了，左右甩腿，然后一瘸一拐地迈腿走了。

他闻到有股煤气味，安排女儿等候门口，他冲进厨房关煤气阀，开窗通风换气。燃气灶上的汤锅锅底已被烧穿，一堆骨头烧成焦炭。待浓重的煤气味消散，他拎起蛋糕盒，跟女儿一起进屋。屋内冷冷清清，似处在荒郊野岭。

女儿说，爸，今天是你四十岁生日吧！

他说，不是你妈清早告诉我，我都忘了今天过生日。

女儿说，爸爸，祝你生日快乐！

他将生日蛋糕摆放在客厅茶几上，点燃生日蜡烛。烛光摇曳，室内增添了些活气。他说，咱们许个愿吧！

女儿眼窝湿了，她说，爸，妈妈能醒过来吗？

他说，我们一起为妈妈许愿，妈妈肯定能醒过来。

八

张顺猜到警察会来找他。

但只来了一位年轻警察小刘。他是在暮色中等到警察光临的。他松了一口气，心想该来的迟早会来。他把小刘迎进门，指着沙发，他说，刘警官，坐。

小刘说，你也坐。说吧，郭志勇都交代了。

张顺说，交代什么？

小刘说，你比我更清楚。

张顺说，我真不知道。

其实郭志勇什么也没交代，小刘使的反间计，看能不能套出点有用的信息。他说，老实点，坦白从宽。

犹豫好半天，张顺说，王燕老公的脑壳，是我拿砖头拍破的，跟王燕没一点关系，这事她不知情。

小刘没料到，套出的话驴唇不对马嘴。他说，继续交代。

张顺说，该讲的都讲了，刘警官，现在随你们处置。低下头，张顺盯着布拖鞋看，他感觉自己像是被一群猎豹围追堵截的羚羊，已无路可逃。

但他还是隐瞒了前夜在宾馆开房的事。他和王燕两人滚床单，他将黑暗中他们缠绵时温热的气息铭记在心。他亲吻她左眼乌青的眼眶，吻到了湿漉漉的眼窝、眼睫毛。她说，他又打我了，喝了酒，他就变成拳击手，把我当沙袋，练拳。现在真后悔，当初不该嫁给他，嫁给体育老师。他说，离婚吧！她说，他不答应，我提一次，他就揍我一次。他没提夜间往她老公后脑勺拍砖的事。他说，没事，我等你。她说，我真受不了他了，动不动就拿我出气，扯我头发，把我脑壳往桌腿上撞。幸亏桌腿是木做的，若是铁做的，我脑壳肯定开花了。能活多久，还是个未知数。每天下班，我都害怕回家，看到他像是老鼠见到猫，浑身打颤，连五脏六腑都在发抖，我怕，真怕。他说，那就早点跟他摊牌。她说，他是个疯子，什么事都干得出来，别看他为人师表，跟外人和和气气的，私底下畜生不如。哪天我真受不了豁出去，我买鼠药毒死他。黑暗中的他惊出一身冷汗，手臂使劲，将她温热的肉身抱得更紧了。他说，别干傻事。她说，老天有眼，昨天夜里他给人拍了脑袋，估计是他学生干的，过去他的学生没少挨他拳脚。他的脸冒出热气，但他仍然没告诉她真相——他在她老公背后偷袭的事。寒冷的夜，冷空气侵入室内，她感到冷和某种荒芜，她像一个渴得发慌的人，在温暖的被窝里要了一次又一次。天亮后，她起床先去上班，他沉沉地睡了一觉，才赶往五金公司。

小刘的目光像长了翅膀，在室内四处飞。他说，你家人呢？

张顺说，我离婚了，女儿跟了她妈。

站起身，小刘搓了两下手背，又望了一眼屋外的寒夜。他说，今天上午，你跟郭志勇两个人，一直在办公室？

张顺说，白天不是讲过，我们一直在。他不想牵扯出宾馆开房的事，牵扯出跟王燕偷情，没讲实话。

感到两只脚似在冰面上，冷，小刘在客厅来回走，他想早点回家，喝碗热汤或者喝杯热茶。他说，你干吗老低着头，把头抬起来。告诉我，你跟王燕怎么回事？

张顺说，我爱她。

小刘情绪复杂地瞥眼看张顺，心里发笑，但没表露对他们爱情的怀疑。他说，爱她，爱她就能随随便便打人家老公？都学你这样，动不动就在人家背后放冷枪，社会不乱套了，这事以后再处理。

随后小刘往门廊方向走去。他想早点回家，天太冷，他想回家跟未婚妻谈一谈爱情，再暖一暖身体。

九

一对年轻情侣驾驶湖蓝色马自达轿车，行至椰城郊外。

小车停在山脚下，年轻男子从车尾厢取出一张野餐垫，朝年轻女子怪笑。他们没走砌成水泥台阶的登山道，而是选择另一条更为陡峭、不便攀爬的山间小路。男子将野餐垫夹在腋下，一只手牵身后女子。女子穿了件西瓜红羽绒服，在一派枯黄的密林中穿行。

男子说，累吗？

女子嘴里呵出白气，拉下羽绒服拉链。她说，热，好热，后背流汗了。

男子说，要不把衣脱了。

随后男子丢下野餐垫，双手似游走的水蛇，在女子背脊贴肉滑行。他触摸到胸罩搭扣，想解开。女子似从水中跳到岸边的鲤鱼，摇身挣扎。她说，你手像冰。

男子抽出双手，凑到嘴前，朝双手呵热气，又不停地搓揉双手。他说，好了，现在这双手是烙铁。

后退一步，女子说，等会儿，饿慌了吧你。

躬身，男子捡起野餐垫，继续前行。寂静的林中不时响起鸟鸣。走过一段斜坡，男子东张西望，抬眼看天，天空被雾霾笼罩。他说，就这里吧！

女子说，不行，光天化日的，会有人来。

男子只好再次上路，徒步进入密林的深处。寒气愈来愈重。近处传来阵阵鸟鸣，叫声却变得阴森、诡异。女子停止脚步，扭头朝身后杂乱的树木望，潮湿的地面铺了一层枯枝败叶，更远的地方是椰城高耸的楼宇，在雾霾中若隐若现。她说，到半山腰了吧，这里怪吓人的。你闻闻，是不是有股怪味。

男子说，我只闻得到你的味道，肉香。有我在，不用怕你。

女子古怪地笑起来，满是性的暗示。她说，就因为你在，我才怕。一只灰色野兔从杂草中窜出，三跳两跳，迅速消失。女子又说，这里该不会有人来吧！

男子得到女子暗示，似领取密旨，选好一片阔地，眉开眼笑地将野餐垫铺开。他倒地躺在垫子上，翻身打滚，再撑起手臂，站直身体。他说，蛮舒服，天当被、地当床。

女子说，不会有人来吧？

男子说，这鬼地方，谁来。

剥洋葱似的，女子缓慢地脱下羽绒服，将衣服扔到身旁。红色，醒目，羽绒服像是枯叶丛中盛开的一朵鲜花。突然，她讲话的声音变得无限温柔，她说，你快说，说你爱我。

男子饿慌野狗似的，已解开皮带，登山鞋来不及脱。他说，爱你，我爱你！

女子说，我不想再做人流，都做了两次，我们结婚吧！

男子双手在女子身上胡乱滑行。他说，结婚，好，结婚。

女子说，我是认真的。

男子用嘴堵住女子的嘴。一团火扑向一汪水。水立马沸腾起来。女子伸手，扯来羽绒服，枕在脑壳底下。她感觉自己变成水蒸气，融入眼前那团旺火中。闭眼，她也能看见眼前的人，他时而像一只兽，时而像一团棉絮。最后，她睁开眼，目睹了一个实实在在的男人。她说，我想再听你说一声。

男子说，说什么？

女子说，我爱你！

爬起身，男子将长裤提至腰间，裤口像庭院的大门一样敞开。他说，我去厕泡尿。

走向树丛背后，男子又前行四五米。一声叫喊响彻密林，惊起一窝飞鸟。男子跌跌撞撞跑回来，女子已穿好羽绒服，收拾好自己。男子说，那边，那边有个人躺着，估计是死了。

女子说，你吓我吧，少开这种玩笑。

男子说，真的。

女子说，你装得真像，可以当影帝了。

男子说，不骗你，不信，你去瞧。

女子不信邪，走过去瞧真假。密林中响起一声女人的尖叫，一群飞鸟似刺刀，冲向雾霾浓重的云霄。他们顾不上继续温存，顾不上取野餐垫，飞奔下山。待他们缓过神，平静下来，打电话报了警。

这是金店劫案发生后的第七天。

根据登山男女提供的线索，警方找到一具尸体，死尸已散发恶臭。现场留有一副骷髅头面具和数枚金戒指。警方从死尸衣兜翻出身份证，姓名是马建军。尸检结果显示：马建军颈部勒痕较深，喉部软骨损伤严重，应为捆绳之类的器物紧勒颈脖，导致窒息而亡。随后，又有人报案，一间出租屋散发恶臭，房东破门而入后，发现两具尸体，但未能查明身份。出租屋现场有两副骷髅头面具和藏青色手提袋。尸检结果显示：死者因服用过量氰化钾，导致身亡。联系两处死尸现场取得的证物，警方确定他们同为金店劫案疑犯。警方从尸体腐烂的程度得出结论，马建军身亡在前，两具无名死者身亡在后。

在元旦即将到来时，椰城公安局宣布金店抢劫案告破：三个劫匪死于内讧。劫匪之间因贪欲相互算计，先是两个劫匪勒死马建军，抛尸荒野，再是两个劫匪误食马建军早已备好的掺入氰化钾的食物，中毒身亡。

然而，金店被劫走的金项链、金镯子、钻戒等多数失物却没能找到，成了谜团。警方派人前往发现马建军尸体的山林搜索，最终毫无收获。

……

谢亚东对小刘说，要过新年了，案子也破了，你好我好大家好。

小刘说，师父，听你这话，似乎有情绪。

谢亚东说，小刘，你如愿了，赶紧结婚，去度蜜月。

小刘说，这起案子，前前后后经得起推敲。师父，别再多想。

谢亚东说，仔细考虑这案子，其实疑点蛮多，各方面衔接得太巧。不觉得有问题你？

小刘说，我们找不到其他证据。

谢亚东说，社会舆论压力大，上头想早点结案，那就按上头意思办。找个空闲，我想去一趟马建军家，再去瞧瞧。

小刘说，师父，还是算了吧，别给自己找麻烦。嫂子，嫂子现在怎么样？

谢亚东说，老样子，躺着，这下她可以睡个够了，真希望那个躺下的人是我。

……

元旦前的礼拜天，天空飘落鹅毛大雪，树上、地上铺了一层亮眼的雪花。谢亚东在家喝酒喝得微醺，独自前往马建军家。抬手敲门时，里屋传来一阵哨音，他敲门的手悬空中。待哨音止住，他敲响门木。开门的是马冬。这次马冬没戴骷髅头面具，而是胸前挂一只铁壳口哨。

谢亚东说，是你在吹口哨？

马冬说，是我，听到哨音，我爸就知道我在找他，他就会回家。

谢亚东说，你爸回家了吗？他清楚他爸马建军永远也回不了家了。

马冬说，没回，我爸可能还没听到哨声，不知道我找他。

阿珍坐在木椅上织毛线衣，两只皮包骨头的瘦手穿针引线。她说，冬冬，在跟谁讲话你？

马冬说，警察伯伯，上次来过的。

谢亚东走进门，目睹脸色依旧苍白毫无血色的阿珍。她放下毛线团和织针，视线越过谢亚东，看更远的地方。她说，谢警官，你一个人？

谢亚东说，嗯，只有我。

阿珍闻到一股酒味。她说，冬冬，你在家呆着，我跟谢警官出去谈点事。她祈求的眼神望向谢亚东。谢亚东说，走，咱出去谈。

他们并没走多远，两人停住脚。

阿珍说，谢警官，请您帮个忙，拜托您别告诉孩子，他爸不在了。作为一个母亲，我想给他一点希望。

谢亚东说，孩子迟早会知道真相。

阿珍说，现在能瞒一天是一天吧。说实话，到目前为止，我都不相信建军会去抢劫，他虽然好赌，但不是那种人，心思没坏到那份上。

谢亚东想起家里躺着沉睡的妻子夏洁，他不知道哪一天出现奇迹，妻子才能醒过来。他想心怀希望总是好的，他跟女儿也是这样说，总有一天，母亲会睁眼醒来，继续给她炒菜做饭。眼望漫天雪花，他说，好，我答应你。又说，最近郭志勇没来你家？

阿珍说，没来。

谢亚东想说什么，话到嘴边，又将那些话咽了回去。

阿珍又闻到一股浓重的酒味。她说，谢警官，你家的事我也听说了。少喝点酒，再怎么样，日子不也要过下去。

随后他们往返回的路上走。隔老远，又传来一阵阵哨音。以往，谢亚东听闻这声音，会觉得聒噪、刺耳。这一次，他却没觉得反感。他想起密林里马建军的尸体及散落尸体旁的面具、金戒指。那一切，都像是人为伪造的现场。他走向吹口哨的男孩马冬，轻抚他后脑勺。他说，你爸能听到哨音吗？

马冬点头，头点得坚决而有力。他说，能，肯定能。

十

取出家里仅剩的存款，阿珍采购来三轮车、燃气灶、液化气罐，请人改装，将三轮车变成简易面摊，专售热干面，兼卖茶叶蛋。选址通常在工地附近，待工程完工，阿珍便脚踩三轮车，换另一片工地。

起初，生意普通，热干面每天总会剩下。剩下的热干面就成了马冬的宵夜和早餐，也是阿珍的宵夜、早餐，甚至中餐、晚餐。

夜间马冬吃面时，发出夸张的嗖嗖声。他边吃边说，妈妈，真香，好吃。

阿珍说，那再添点。

马冬说，够了。

阿珍说，要不来个茶叶蛋。

马冬瞥一眼茶叶蛋，有股诱人的香味飘入鼻孔，他想吃，但舍不得，茶叶蛋可以放着卖钱。手拍肚皮，他说，饱了，再吃肚皮就胀破了。

阿珍便把夹起的茶叶蛋放回煮锅。她说，想吃再拿。

……

阿珍卖的热干面，原料足，辅料香，小葱、萝卜干、肉末、芽菜、腌香椿等，一样不少，价格倒实惠。热干面的味道、价格很快得到工地工人认可，生意慢慢步入正轨，每天备好的原材料，都能售完，有时早一点，有时晚一点。

有一天，阿珍不单卖完热干面，还卖完茶叶蛋，且时间才傍晚七点。她踩着三轮车回家，在夜色中穿行，感觉阳光一直照在她身上。半路，她买了菜，鳊鱼、西红柿、莴笋。到家时她听到马冬在吹铁壳口哨，一阵一阵响。

以前，阿珍没在意，也没放心上，不知不觉间，马冬坚持吹口哨，吹了快两年。过去有段时间，逢儿子吹口哨，她总是说，冬冬，别吹了，会吵到邻居。马冬说，我要吹，我是在喊爸爸回家。他们邻居知道马冬夜间吹口哨的缘由，早已习惯，也没人抱怨或是投诉。

马建军离开他们母子快两年了，阿珍想到底要不要告诉马冬，他父亲已不在人世。但她犹豫不决。回家她没提马冬吹口哨制造噪声，而是径直到厨房煮饭择菜，洗菜，炒菜。吃晚饭时，阿珍和儿子马冬面对面，隔一张木桌的距离。

桌面摆的饭菜正冒热气。菜是红烧鳊鱼、西红柿炒蛋、清炒莴笋丝。阿珍眼望马冬往嘴里扒米饭，她一口饭菜也没吃，只是盯着马冬看，情绪突然变得古古怪怪的，像是被忧伤的灵魂附体。

阿珍说，冬冬，你爸离开家，你大了几岁？

放下碗筷，马冬认真计算，嘴里念念有词。他说，两岁。

阿珍说，真快，时间过得真快。一晃眼，都两年了。若是你爸还在，我们一家人坐一起吃饭，该多好。

马冬说，妈，爸爸会回来的。

阿珍说，你爸要是回来，早该回来了。

最终阿珍还是忍住没跟儿子提，他父亲马建军已死去。

她想，就给儿子留个希望和念想吧。屋外有人敲门。来人是郭志勇，他腋下夹个黑色皮包，另一只手拎个果篮。

阿珍说，志勇来了。

郭志勇说，巧了，赶上你们吃夜饭。

阿珍说，添副碗筷，若不嫌弃，一起吃，没菜。

郭志勇说，吃过了，我一会就走。他从黑色皮包取出两叠百元钞票，搁饭桌上。他说，一年前我下岗了，做点小生意，日子还过得去。建军不在了，我一直没顾得上，两万块钱，你收着。

马冬说，我爸还在，他只是没回家。

郭志勇目光望向屋外已经降临的暮色，表情复杂。室内瞬间变得寂静。阿珍说，志勇，你的心意我收下了，钱你拿回去。

郭志勇说，钱留着，冬冬还小，以后花钱的时候多着呢。

阿珍捡起钱，塞回郭志勇手中。她说，志勇，别让我们难堪，隔墙有耳，若别人知道，会传闲话的。

郭志勇说，就当我给冬冬的红包。小孩子没钱，哪能幸福。

阿珍说，对冬冬来说，幸福就是父亲回家，对我来说，幸福就是每天能卖完所有的热干面、茶叶蛋。

郭志勇只好将两叠钱原封不动地装回皮包，转身走，走两三步，他扭回头说，阿珍，以后遇到难事要用钱，记得找我。

<h1 style="text-align:center">十一</h1>

他们约在屠宰场附近见面。

那里有家小卖店，店旁有两张破烂的台球桌。癞子拎一根球杆，趴台面，挥杆击球，一粒黑8落入袋内。

头发染了一撮毛的小年轻站在小卖店门口，他喊，老板，来盒黄鹤楼。一只手递出一盒烟。黄毛拆开烟盒，抖出两支，一支叼嘴里，一支扔给癞子。他说，癞哥，一个人玩多寂寞，要不咱俩来一局。黄毛边讲话边抖腿，人瘦得似根麻秆。癞子说，黄毛，一边去，没看我在等人。

击球过程中，癞子不时抬头朝远处望。黄毛找了张条凳坐下，点燃香烟，深吸滤嘴，将嘴圈成O型，吐了两个烟圈。随后他们同时看见一辆黑色桑塔纳停在小卖店门口。车上走下来的人是郭志勇。

癞子说，志勇，拿驾照了吧，看你开车技术越来越好。

郭志勇说，少他妈废话，找我什么事。

癞子说，我还能有什么事。他瞥了一眼无所事事的黄毛，像是在听他们谈话，又像是在专注地抽烟。他又说，走，上车谈。

黑色轿车在坑坑洼洼的公路上行驶。

癞子说，最后一次。

郭志勇说，你还想借钱，上次你就说是最后一次。

癞子说，这次是真的。

郭志勇说，想都别想。

癞子说，不借也行，我们一起再干一票，下手的金店，我物色好了。

黑色桑塔纳突然急刹车，一条黄色土狗站车头旁狂吠。郭志勇说，癞子，你疯了吧。当初我们不是商量好，挖到第一桶金，再不提这事。若旧事被捅出来，小勇、你还有我，我们都不会有好日子过。

癞子说，我无所谓，反正烂命一条，牢里有吃有住，又不用交钱。倒是你郭总，可不一样，你金贵得很，现在车行物流生意越做越大。当初密谋抢劫金店，你可没少出主意。马建军怕坐牢，临阵退缩，不想干了，可是你用捆绳勒死的，你说只有死人才不会走漏风声和检举揭发。还有，你策划劫匪内讧骗公安，找来两名流浪汉当替身，我和小勇是粗人，哪能想得到。

郭志勇说，癞子，你这是威胁我，想讹我吗?

癞子说，随你怎么想。

郭志勇说，当初那些金饰兑换的钱，分三份，我们各取一份，我没多拿，你也没少拿，凭什么我现在要给你钱。

　　癞子说，志勇，我是问你借钱。

　　郭志勇说，他妈的，借钱，你想过还钱吗，你拿什么还。

　　癞子没借到钱，一分钱也没借到。他们不欢而散。黑色桑塔纳又返回小卖店，癞子下车，黑车继续前行。癞子眼望汽车远去，哼一声，他朝地上吐口黄痰，问候了两声郭志勇祖宗。黄毛嘴里衔支烟，握杆击球，他说，癞哥，回来了，玩一局？

　　癞子说，黄毛，你会开车吧？

　　黄毛说，以前跑过一段长途。

　　癞子说，有没有兴趣，咱一起玩点刺激的，又能来钱。

　　黄毛说，癞哥，刚才你跟那位老板扯白话，搞得神神秘秘，我就猜到有路子。他从牛仔裤屁股兜掏出烟盒，抽出一支香烟，扔给癞子。他说，癞哥，你真是我亲哥。是啥路子挣钱？

　　癞子说，两年前蒙面人抢劫金店，这事你知道么？

　　黄毛说，这么大的事，我能不知道。

　　癞子说，是我做的。

　　黄毛说，癞哥，你酒喝多了吧，吹牛逼。报纸上写过，抢劫金店的劫匪都死了。

癞子把打劫前后经过述说了一遍，包括如何在劫案现场留下线索让公安寻找马建军，如何下药毒死流浪汉。他说，实话告诉你，马建军哪里参与打劫，他根本就是个背黑锅的替死鬼。黄毛猛吸了两口香烟，他说，癞哥，干，以后我就是癞哥队伍里的人了。

他们一起离开小卖店，去找小勇。小勇在棋牌室摸麻将，他们将小勇从牌桌上拉下来，找了家餐馆。推杯换盏之间，他们很快合计好，干一票大的，打劫金店。

十二

这一天癞子坐在麻将馆，他手气不错，接连和牌，好几个大和，一条龙、清一色。他摸起一只红中时，裤兜手机响起铃声。

是郭志勇打来的电话。

癞子走到廊道无人处，他说，郭总，有钱借我了？

郭志勇说，癞子，那事策划好了？真要干？

癞子说，哪个事？

郭志勇说，你懂的。

癞子眉角上扬，他说，你想参与？

郭志勇说，我这边帮你提供车辆，是废弃的面包车，公安查不到。

癫子说，郭总，你真是雪中送炭，要是你本人能加入，那更是锦上添花。

沉默片刻，郭志勇说，你们干吧，办事别拖泥带水。

……

一辆面包车停靠在临街的金店门前，车门打开，两个戴骷髅头面具的蒙面人手持土制火枪，冲入金店。他们持枪迅速控制两名店员，一男一女。戴面具的癫子拿枪杆指向女店员，又指向搁柜台的军绿色行李袋。他说，赶紧装，快。又对男店员说，老实点，双手抱头，乱动小心老子爆你脑壳。一只白皙肉嘟嘟的手掌，机械似的，不停地往袋内装黄金首饰、钻戒。戴面具的小勇轻声说，时间差不多，该撤了。一个声音贪婪地说，等等，抓住这次机会，再装点。

他们撤走时，面包车急速行驶，远处传来警车的笛鸣声。面包车驶入阔街，被数辆警车围捕，似过街逃窜的老鼠。汽车最终因不明原因熄火。谢亚东和一群持枪特警合围，疾步前行。三个蒙面人似热锅蚂蚁，持枪人急得朝合围的警察放枪，来不及瞄准。冷风中突然一声巨响，面包车爆炸，车窗玻璃四处飞溅，渣滓四散在风中。车内三个活人瞬间变成三具死尸。

由癫子、小勇、黄毛制造的金店劫案发生后，椰城人又热议起两年前那起劫案，劫匪头戴骷髅头面具，作案手法雷同。除了警方，没人知道面包车安装了自制定时炸弹。

案子结了，谢亚东仍然心存疑虑。关于面包车上为何安装炸弹，警队曾专门开会讨论过，结论是那帮悍匪不给自己留退路，若是打劫计划失败，便自行了断，不给警方机会生擒活人。会后，谢亚东递给小刘一支香烟，他说，这个结果你怎么看？小刘说，师傅，逻辑上没问题，站得住脚。谢亚东给自己点燃香烟，猛吸两口。他没讲他的推断，两起劫案若是同一伙人所为，背后应该存在幕后黑手，这次很可能是杀人灭口。他没来由地想起了郭志勇。

又是一个飘雪的日子。

迎着雪花，谢亚东走出门，他打算去马建军家。暴雪已经覆盖路面、街道、房顶，覆盖了所有他的目光所及的地方。站在廊道口，他拍落头顶、肩头、身上的雪花，敲响马建军家的门。开门的是马冬。他说，谢伯伯，我妈出去了，就我一个人在家。

谢亚东说，现在你还在吹口哨，等你爸回来吗？

马冬说，当然。

谢亚东说，有两年了吧！

马冬说，谢伯伯，我要告诉你一个秘密，其实我早就知道我爸去世了。当初坚持吹口哨，我是想安慰我妈，让她觉得我爸还在，指不定哪天就会回来。那样，我妈心情会好些。我不想我妈难过！

伸手，谢亚东轻抚眼前孩子的头。他说，最近郭志勇有来过么？马冬说，有，他塞给我妈钱，我妈没要。谢亚东想起当初在马建军家看到桌上那袋苹果，他是为了打探消息吗？还有在郭志勇办公室，他看《环球时报》，将报纸叠得整整齐齐，他应该是个心思缜密的人。望了一眼飘雪的天空，谢亚东说，你妈不在，那我改天再来。

转身走，谢亚东念及家中沉睡的妻子，想着心怀"希望"总是好的。他还想起许多一家人在一起甜蜜、温暖的往事。继续走，继续前行，他走进了漫天雪花中。

十三

室内弥漫着酒精的气息，谢亚东窝在家中，自酌自饮。他好酒，自从妻子夏洁出事后，他比从前喝得更多。每次喝到醉与不醉之间，他便走到妻子床头，紧握妻子干燥、暖和的手掌，告诉她女儿等她醒来，想吃她做的饭菜，告诉她劫案破了，真凶死了。他心想，案子破了又能怎么样呢，眼前的妻子不会醒过来。每次他都重复同样的话，讲完后，发出同样的叹息。

他不讲话时，就打开电视，将声音调到适中的位置，给妻子听电视。当初他将电视从客厅搬到妻子卧床的房间，女儿说，爸，这有用么？他说，管不了那么多，这样也好，让你妈听听声音，有个伴，不那么无聊。

又一天，谢亚东就着过油花生喝二锅头，耳畔响起熟悉的声音。那个声音说，老谢，少喝点，满屋子酒味。他以为自己幻听，没理会，继续喝酒。声音再次响起，少喝点，老谢！他突然意识到什么，眼窝潮湿。扬手用手背抹了把眼泪，他朝卧房跑。

一切仿佛在梦中，妻子夏洁眼睛微睁，食指指向眼前的电视。夏洁说，他、他，就是他。扭头，谢亚东的目光转向电视屏幕，椰城电视台正在播报本土新闻，报道某物流企业捐款慈善助学活动，画面中西装革履的人物是企业负责人。谢亚东又听到妻子夏洁的声音，没错，就是他。

刊载于《青年作家》2016 年第 4 期

悲情书

一

我弟弟马高比我矮两岁。

我十岁的时候,他八岁。那时他喜欢跟我赶脚,喜欢跟在我屁股后头奔跑。我是一阵风,他也是一阵风。在那条两边起伏着稻浪的乡间小路上,我屁股后头的那一阵风喘着粗气,得意扬扬地跟我说,哥,你加劲跑呀你,我要赶上你了!他话音一落,我就变成了刮得更猛烈的一阵风。片刻后,我背后的那阵风又埋怨我说,哥,你等等我,你跑得太快了,我跟不上了!

我十四岁的时候,我弟弟马高十二岁。他还喜欢跟在我屁股后头跑。跑一阵,他就不在我屁股后头了,他赶超到我前面去了。他站在官当镇机械厂门口,扭过头呼哧呼哧喘着粗气说,马虎,你快些跑你,再不跟上,我就把你越甩越远了!

不晓得是从哪一天开始，我弟弟马高不喊我"哥"了，他开始直接喊我的大名马虎。马高满十二岁吃十三岁的饭以后，蹿高了，两条腿长长了，跑得比我还快。实际上他干什么都比我快，不单是跑步，他的学习成绩也是芝麻开花节节高，一路攀升，在班里、年级组数一数二。我爹经常说，马虎，你弟弟马高脑袋瓜比你好使! 除了说这话，我爹还经常使唤我挑水、劈柴，要我搞这个搞那个力气活，他从来不使唤我弟弟马高。

我爹说，马高命里是读书的料!

我爹还说，马高手指修长，是书生的手，书生干劳力活，那是大炮打蚊子，大材小用!

我心里比谁都清楚，只是我嘴上不说我爹偏心眼儿，对我和我弟马高，他没有一碗水端平。

喜鹊在屋门口水杉树上不停叫唤的那一天，我以为有好事。我爹沉着脸把我喊进卧房，他说，马虎，爹老了，供不起你们俩兄弟读书了! 我爹讲完，又指着他害了白内障的左眼睛说，马虎，爹的左眼睛就要瞎了，眼睛前头一米远两米远站一头猪一头牛，爹都分不清了! 我爹猛抽了几口两毛钱一包不带过滤嘴的火炬牌香烟，吸得猛，他一阵咳嗽，把患了椎间盘突出症的腰都咳弯了。

待站直后，我爹问我说，马虎，你是哪年生的？

我说，爹，你是我爹啊，你还不晓得？！

我爹说，你就答你是哪年出生的，哪来那么多废话。

我说，爹，我是七〇年生的。

我爹扳着他生满老茧的手指头，掐着指头算。他转动着右边黑左边白的眼珠子。挨了一会，我爹说，马虎，你都满十五岁吃十六岁的饭了，你已经是个劳力了！

听我爹这么一说，我就明白他的意思了，他拐了好大一道弯，就是要告诉我，不准我读书了。立马我的眼泪水流了出来。我说，爹，你偏心你，我想上学！

我爹说，就让你弟马高读，你回屋来跟老子学打铁。

我说，爹，不，我不当铁匠，我要读书！

我爹说，马虎你读书年年摸猪尾巴，老在倒数几名里打转，现在你留级都留得跟你弟弟马高同班了，你看你的手，手指头五短，天生不是读书的料，你就莫浪费老子打铁挣的血汗钱了！

我呜呜呜地哭了起来，边哭边嚷，爹呀，我要读书！我爹瞪了我一眼，说，哭有个屁用，你就是哭上天喊破喉咙，也读不成书了！我爹的口气比他打的铁还硬，我就晓得我就算真的喊破喉咙哭破天，我爹也不会回心转意让我去官当中学读书了。于是我扬起衣袖抹了一把眼泪，我不哭了，哭也是白哭。

从那天以后，我就死了读书的心，安心跟我爹学打铁。

二

现在我是我们官当镇众人皆知的小马铁匠马虎，老马铁匠是我爹马爱国。

我弟弟马高比我和我爹在官当镇的名气还要响，他是写书的，一写就是砖头那么厚的一本。自从大学毕业后，我弟弟马高已经十二年没回家，他在深圳当作家，写了一本又一本书。他每写完一本书，就从大老远的深圳寄回我们官当镇来，给我爹看，给我娘看，给我看。这十二年里他寄的书和杂志，码在一起都高过我的膝盖骨了，都可以开书店了。

拉着风箱、挥着锤子打铁时，我在心里跟自己说，马高啊马高，你个小兔崽子你，你爹你娘是要看你的人，不是要看你写的书呀，哪一天你就把自己打个包，用牛皮纸一糊，从深圳寄回到官当镇来吧！这些话我不敢对我爹我娘讲，讲这些话，等于是揭他们的伤疤，往他们的伤口上撒盐。我爹和我娘随便哪一个人，肯定都比我更想我弟弟马高，可马高他不懂事，就是不回家。

我爹把我弟弟马高养到那么大个儿算是白养了，十二年没有尽孝道，可我爹还喜得很。我爹说，马虎，你弟弟马高比你有出息呀！不单是我爹这么说，官当镇好多嚼舌的男人女人都这么说。我爹说的这句话我媳妇兰花不爱听，她说，一个萝卜一个坑，都去写书了，那谁来打铁谁来当铁匠！不管我媳妇怎么说，我心里却高兴，我弟弟马高比我有出息、有本事，长江后浪推前浪，这对我们老马家是好事。

　　在我的朋友瘸子张三、瘤子李四、断腿王二麻子还没去深圳的时候，我经常跟他们说，我有个写书的作家弟弟在深圳，他原名叫马高，不过他出的书上印的是笔名"马克"。讲到这里，我朝瘸子张三看一眼，又朝瘤子李四看一眼，再朝断腿王二麻子看一眼。挨个望了他们三人各一眼后，我说，笔名你们知道么，解放前那个大作家鲁迅的名字就是起的笔名，他的原名叫周树人！瘸子张三、瘤子李四、断腿王二麻子听我讲完后，他们就朝我鬼怪地笑，像是羡慕我，又像是无动于衷。等笑完后，他们三个就会异口同声地说，马虎，你弟弟马高太有才了！他们不认识我弟弟马高，他们是在我弟弟去了深圳之后，才从附近的乡镇搬来落户官当镇的。

　　我弟弟马高寄他写的第一本书回屋的时候，我爹拆开包装的牛皮纸，捧着书的两只手不停哆嗦。我说，爹，你手里拿的又不是炸药包又不是手榴弹，你的手抖什么？我爹说，你懂个屁！等翻开封面，我爹在书的左上角看到我弟弟的照片，他的手就抖得更厉害了，像是遭遇了地震。我爹看到照片里我弟弟齐肩的长发，他说，马虎，你看你看，你弟弟的头发该去剃头店理一理了！

是我最先发现我弟弟马高改了名字。我爹双手捧着书，他不准我碰，他说他还要再看一会。我爹双手捧着书，就像捧着金银财宝，就像是抱着我那多年不回家的弟弟。我只好盯着封面看。突然，我大惊小怪喊起来，把我旁边的我爹我娘骇了一大跳。我说，爹，这本书是马克写的，不是马高写的！然后我爹眯起他的右眼睛，我爹的左眼睛害白内障，已经瞎得看不见了，跟聋子的耳朵一样只是个空摆设。我爹的右眼珠子都快贴到书上去了，他快把书吃掉了。他也看见写书的是马克，不是我弟弟马高。我爹刚安静下来的手又哆嗦起来，这次的哆嗦跟前一次的哆嗦完全是两码事。前一次我爹是激动，这一次他是紧张，担心这本书不是我弟弟马高写的。

我爹再一次打开封面看我弟弟的相片，他说，相片是你弟弟马高啊！我爹继续往下看作者简介，拍着他的大腿说，马虎，你弟弟马高改了名字，现在他叫马克！

我喊了一声，马克！我娘在旁边急了，她说，马高在深圳，又不是在美国，他怎么起了个外国佬喊的名字。我爹和我也对马高改的名字有意见，父母起的名字，怎么能说改就改呢。退一万步，就算要改，也得跟家里人商量商量。我爹长叹了一口气，他七上八下的心总算是放下来了，那本书确实是我弟弟写的。我爹说，马高都成深圳的作家了，翅膀硬了，随他去吧！讲这话时，我爹一副无可奈何的语气。我晓得，我爹他心里吃了蜜糖，甜着哩。

三

收到我弟弟马高写的第一本书以后的那一段时间，每天晚上吃过夜饭，我爹就会给我和我娘"上课"。

我们一家人上课的内容就是听我爹朗诵我弟弟马高写的书。我媳妇兰花对我弟弟马高写的书不感兴趣，她宁愿去看电视，她说就算我爹把书读出一朵花来又怎么样，又不能当饭吃，更不能当钱用。我那四岁的儿子马小刀对这事就更不感兴趣了，他即使无所事事在房前屋后东游西荡，也不愿意安静坐小板凳上听他爷爷读他叔叔的书。

我爹搬来两把木椅子，喊我和我娘坐，然后又搬来一把他自己坐。坐定后，我爹说，你们娘俩注意听了，坐端正了，我要念书了！

清好嗓子，我爹开始用官当镇的土话读我弟弟马高写的书。我爹只有一只右眼睛看得见，看书看得吃力，读起来结结巴巴，像嘴里含了一枚鹅卵石。这样读起来影响效果，就跟看电视遇到屏幕出现斑斑点点一样。但我弟弟马高的书写得实在太好了，尽管我爹读得不像样子，但我和我娘听起来还是觉得特别舒服。

我娘脸上一直挂着笑，有时候还哈哈大笑。我娘大笑时，我也跟着笑。我爹读到后面一截，我娘突然眼睛就红了，她哭了起来。开始没有声音，后来我娘憋不住，声音都哭出来了。这一段是写民工到南方深圳打工的，书里的主人公傻根吃尽苦头，在建筑工地打工摔断了腿，老婆还被一个河北男人拐跑了，更要命的是，他辛辛苦苦在外面打工挣血汗钱，老家的儿子却不听话，老是跟一帮二流子胡混、打架……

我弟弟马高把这些故事写活了，写得相当感人，他好像写的就是身边隔壁左右的邻居，写的就是从我们官当镇出去打工的人。

我的眼窝湿了。看到我娘那副悲伤的模样，我慌了，我就跟我爹说，马高把这一段写得太伤心了，我娘会哭伤身子骨的，爹，你把那些伤心的自然段跳过去，再继续往下读！我爹望了一眼我娘，他正准备翻页跳过去读。我娘却不答应，她说，接着念，马高写的书就跟电视一样好看！我爹就接着往下读，我娘一会儿哭，一会儿又笑了，我爹也是，他哭着读，笑着读。

我媳妇兰花听到我、我爹、我娘三个人在堂屋里又哭又笑，趁电视里演广告，好奇地跑来。倚在门边听了十来分钟，兰花也跟着哭跟着笑起来。只有我儿子马小刀没心没肺，无动于衷，他一会手里握着个弹弓，跑前跑后，一会手里拿着把木头手枪，一路跑一路嚷，叭叭叭，叭叭叭，他在打他的机关枪。

我爹把我弟弟马高的第一本书念完，我们一家人一致认为马高写书写得好，将人世间的喜怒哀乐、悲欢离合全写在了书里面。连我媳妇兰花也表示了肯定，她说听我爹读我弟弟写的书，让她连电视剧都不想看了。兰花没扯谎，后来我弟弟再寄书回来，我爹念书她都守在旁边听，听得两只眼睛发愣发直。

一年后，我弟弟马高又寄来第二本书，这本书写的是几个大学生在深圳的爱情故事。书里写了深圳许多著名景点，比如深圳世界之窗、欢乐谷、民俗文化村、大梅沙、小梅沙……我爹念给我们听的时候，念到这些景点，他就变成清早打鸣的公鸡，把声音提高了好几倍。我娘、我、我媳妇兰花听得像喝醉了酒，陶醉了，似乎那一刻我们一家人不在破破烂烂的官当镇，都搭飞机跑到满处是高楼大厦的深圳玩去了，一会在大梅沙、小梅沙看海游泳，一会在世界之窗看浓缩了的世界景观。我娘满脸都是高兴样。我爹再读下去，我媳妇兰花先哭了，再就是我娘哭。她们女人就是心软。我弟弟马高把几个大学生的爱情故事写得比台湾电视连续剧还煽情还感人……

接下来，我弟弟马高又寄来他写的第三本书。我爹拆包装的牛皮纸，他的手已经不哆嗦了，他习惯了。我爹照旧先翻开封面看我弟弟的相片，这一次，我弟弟齐肩的长头发变成了光头。我爹的眉毛跳了一下，嘴角撇了一下，他指着我弟弟的相片喊我，我爹说，马虎，你来看，你弟弟马高留长头发比留光头好看，还是以前的相片照得好！

我弟弟马高的第三本书是写矿工的，写官当镇的张二毛去山西大同挖煤矿，结果那里闹出矿难，张二毛被埋在矿井里死掉了。我娘说，我在官当镇活了大半辈子，没听说有个叫张二毛的，更没听说哪个大老远跑去山西大同挖煤矿！我爹说，你懂个屁，马高写的是小说，那是编的故事！我爹讲这句话时，是哽咽着讲的。他给我们一家人念第三本书的时候，他一个人哭得最厉害，哭得那只唯一看得见的右眼睛红红肿肿的……

接二连三，我弟弟马高寄了好些他写的书回来。他在深圳出名了，他在我们官当镇也出名。我们的镇长专门来了一趟我家，镇长用他两只光溜的手握住我爹两只打铁的手，他说，老马，感谢你呀！镇长使劲握着我爹的手，他用眼睛扫了一遍站在我爹旁边的我娘、我、我媳妇兰花，他继续说，老马，感谢你们一家人为我们官当镇培养出了一位青年作家！镇长讲这些话讲得极富有感情色彩，好像我弟弟马高是他的亲生儿子，而我爹我娘是捡了马高将他拉扯长大的"假爹娘"。就那么几句话，镇长把我爹我娘的眼泪说了出来。我爹打了一辈子铁，从来没有跟镇长这么大的人物讲过话，更别提握手了。我爹我娘那是激动啊，我弟弟马高光耀了门楣。

后来我弟弟马高寄回家的书，书里动不动就把人写死，一本书里要写死好几个甚至好几十个人。后来我爹朗读那些书，我们一家人再没笑过，笑不出来，我爹、我娘、我、我媳妇兰花一会儿哭一会儿心事重重。我们一家人跟书里的主人公一样，全都笼罩在了阴影里。我爹捧着书读前面一部分情节，我就在猜后面一部分内容，猜我笔名叫马克的弟弟又要把哪个人写死了。

我娘说，听了马高那么多书，我还是喜欢马高写的第一本书，书里除了哭声，还有笑声！

我媳妇兰花说，我喜欢马高写的第二本书，写大学生的爱情故事，比台湾的电视连续剧好看多了！

我爹说，我爱看马高写的第三本书，写矿工的，书里不光是写死人，还写了活人的希望，过日子总要给人一个盼头啊！

我爹、我娘、我媳妇兰花发言讨论我弟弟写的那些书时，我没有插一句嘴。我觉得我弟弟马高写的前几本书都写得好，我爹念的时候，我心里一会儿燃起一堆火，心里暖暖的，一会儿又猛地出现一根针，不停地戳我的五脏六腑，戳得我浑身不舒服、浑身疼。后来我弟弟写的那些书，我爹念的时候，我心里燃烧的火没了、针也没了，只有一把菜刀在那里剁我的肉，我就像是横着摆在砧板上。

我对我写书的弟弟马高有意见。我真想把他的心打开，看他想了些什么。我还想装个太阳在他心里，照一照、暖一暖他的心。但我没把心里的话讲出来，我怕我爹我娘不爱听，听了他们不高兴。

马高把他书里的那些人写得太惨了。后来想起来，我娘的身子骨，可能就是听我爹朗诵我弟弟写的那些本书，哭坏的。

四

那天我爹拎了把斧头朝堂屋门口走，我喊他，说，爹，你去干吗你，柴火在后院！

我爹说，我不劈柴，我去砍树。

我爹弓着他那常年喊痛长了骨刺的腰，挥着斧头砍堂屋门口那棵山杉树。我拦我爹拦不住，我说，爹，树还在长，砍糟蹋了，就砍旁边的水杉树！我爹说，我要给马高打个书柜，要选上好的木材。我爹就把那棵只有碗口粗的山杉树砍倒了。我爹他真是用心良苦，当初他给他自己和我娘准备打寿棺的木材，也没有用这么好的。

我爹请官当镇西街的张木匠给我弟弟马高刨了个书柜。

前几天还竖在堂屋门口的那棵在秋风里摇摆的山杉树，几天后就变成了搁在堂屋里方方正正的书柜。我爹还给书柜刷了一层金色的油漆。我爹刷得相当仔细，比当初刷他自己和我娘的棺材还细心。等油漆干了，我爹把我弟弟马高写的书和杂志全部挪到书柜里面。来我家里串门的乡亲们，一进堂屋门就能看到我弟弟马高写的那些书。我爹他是想在官当镇的乡亲们面前显摆，用镇长的话讲，他培养了一位青年作家。

　　就在我爹把书柜弄好将书码好的第二天，我正拿着扫帚扫屋，瘸子张三、瘤子李四、断腿王二麻子一齐来到我屋里，他们三个跟死了爹妈似的愁眉苦脸。他们以前在深圳打工，每年都是春节才回家，而且回家时得意扬扬，一副暴发户的嘴脸。现在他们三个还只到国庆节就回家了。我望着他们三个说，你们现在发了财，不过春节了，改过国庆节了！

　　瘸子张三、瘤子李四、断腿王二麻子没有听我讲话，他们望着堂屋里摆的金色书柜，看得愣神。我喊了一声瘸子"张三"，又喊了一声瘤子"李四"，再喊了一声断腿"王二麻子"，他们回过神来。我说，你们是来找我的，还是来看书柜的！他们三个人一齐笑了，是在朝我讨好地笑，想巴结我。他们三个一前一后说，马虎，我是来找你帮忙的！

　　他们三个人争先恐后开口讲话，那些话传到我耳朵里，就变成了麻雀叽叽喳喳叫唤般的杂音。于是我说，你们一个一个轮流讲，张三你先说，李四第二个说，王二麻子最后说。我的话一落音，他们三个已经排好了队。

　　张三眉头紧蹙，犹豫了好半天，他说，马虎，我是想托你找你弟弟马高帮忙！我一听是找马高的，心里不是滋味，开始我还以为瘸子张三想请我帮他打一副铁拐。转念我又想，瘸子张三来找我弟弟马高帮忙，这也是我们老马家的骄傲。于是我说，张三，你有什么事情？你说。他走到堂屋那金色书柜跟前，停在那里，他从裤兜掏出一张材料纸，展开了。他朝我望了一眼，说，马虎，这是我给你弟弟马高写的信，我先跟他说，再跟你说！

张三瘸着一条腿站在金色书柜面前，就像站在了我弟弟马高面前，他说，马作家，你不认识我，但我认识你，我在深圳的时候，经常在报纸、电视里看到你，你不认识我没关系，你只要认你哥马虎就行，我是你哥马虎的朋友，你哥打铁打得真是好……

我挥手打断了瘸子张三正在继续的讲话。我说，张三，你有话就直说，不要讲好听的话夸我。他点头哈腰说，好、好！张三双手捧着之前写好的信，念了起来：

马作家，您好，我是你哥哥马虎的朋友。官当镇的人都以为我在深圳打工，吃香的喝辣的。我是一个瘸子加上又没文化，哪有工厂愿意要我，讲出来不怕你笑话，其实我在深圳当叫花子，在大街上讨钱。做我们这行不容易，首先就是把祖宗的脸丢尽了，但是我没办法啊我，我小时候害过小儿麻痹症，腿瘸了只能吃这碗饭了。要命的是，现在做我们这行的越来越多，竞争太激烈，可那些多起来的讨钱的都是假的职业乞丐，他们一帮人把市场搅乱了，搞得我这个真乞丐现在都没饭吃了……

瘸子张三把自己念得哭了起来，我见他才只念到一半，怕累着他，我搬来一把椅子让他坐着念。他不答应，他说，我就站着念，这样才能表示我的诚意！张三就接着往下念：

我是在深圳罗湖区乞讨，我见到了太多竞争对手，他们都是假乞丐，有说自己丢了钱包找好心人求助的，有的是一个妇女抱着个小孩，讲她的孩子患上绝症，四处求医，家里值钱的东西全卖光了，求助好心人捐款……他们把自己说得一个比一个惨，我这样的真乞丐就没有好心人施舍了……马作家，您一定要把这些事写进您的书里，让深圳所有的人都晓得这是怎么回事，让那些假的职业乞丐曝光。

瘸子张三念完他的信，把信交给我。他用流着泪通红的眼睛望着我，他说，马虎，你一定要把这封信交给你的作家弟弟马高，让他把这个黑幕写进书里。

张三退到一边，瘤子李四拢上前，他也从裤兜里掏出一页准备好的信纸，他说，马作家，你不认识我，但我认识你，我在深圳的时候，经常在报纸、电视里看到你，你不认识我没关系，你只要认你哥马虎就行了，我是你哥马虎的朋友，你哥打铁打得真是好……

我又挥了一次手，这次是打断李四的讲话。我说，李四，你有什么事情，就直接跟我弟弟马高讲，不用讲客套话。瘤子李四的脸一阵红一阵白，他尴尬地朝我笑了笑，然后照着信纸念起来：

您好，马作家，我是李四，从小我脑壳上就长了颗大瘤子，医生不敢给我动手术。我都不知道我能活到哪一天，也就得过且过了。现在我在深圳福田区乞讨，我头上顶了颗瘤子，以前还能讨到不少钱，现在不知道从哪里来了几个浑身长瘤子的河南老头。他们一来，我讨到的钱就越来越少了，我年纪没他们大，身上的瘤子也没他们多，实在比不过他们那些职业乞丐。现在我在深圳混不下去了，等不到春节，我国庆节就回官当镇了。您一定要把这些事写进书里，一定啊……

瘤子李四念他的信，念得声泪俱下。他退到一旁，断腿王二麻子拄着椿木拐棍拢上前。我朝他瞪了几眼，他就明白我的意思了。他没有讲客气话，而是直接读他先前准备好的信：

马作家，马老师，您好！我知道很多人喊作家都是喊老师的，原先我是大杨树镇的，后来搬到官当镇来了，算起来，我们是半个老乡。我在深圳南山区乞讨，我只有一条腿，像我这样只有一条腿的人根本找不到工作，而且我都满三十九岁直奔四十了。现在我乞讨真不容易，南山区来了四个断腿的少年乞丐，有人在背后指使他们讨钱，他们讨到的钱都进了别人的腰包。好心人可怜断腿的小孩，给他们钱，给他们之后，我的收入就少了。作为一个残疾人，现在我的日子越来越不好过了。您一定要把我的遭遇写进书里，让深圳那些好心人看到，明白什么人该帮助，什么人不该帮助……

瘸子张三、瘤子李四、断腿王二麻子眼泪汪汪地从我家里离开了。临走前，他们千交代万交代，让我一定要把信交给我弟弟马高，而且还一定要我弟弟马高把这些事情写出来，写成书让深圳人读到，好将黑幕揭穿。

五

我把瘸子张三、瘤子李四、断腿王二麻子分别交给我的信叠好，总共三封一齐寄给了我在深圳的弟弟马高。信从官当镇邮局寄出去后，我一直盼着他快点写出一本书来。

三个月后，半年后，八个月后，我弟弟马高寄来了他写的新书。我比我爹我娘更高兴，因为一看书名《悲情书》，我就晓得我弟弟马高把我八个月前寄给他的信写出来了。这下我跟我的朋友瘸子张三、瘤子李四、断腿王二麻子就好交代了。

天气热，吃完晚饭，官当镇家家户户都坐在堂屋门口乘凉。往常我们家也是要搬竹床、藤椅出去乘凉的，但我弟弟马高写的书寄回来了，我爹夜里要给我们一家人"上课"，朗读那本书。

我坐在木椅上，我娘坐在藤椅上，我媳妇兰花坐在竹床上。我爹捧着书开始读，读了那么多书，我爹的朗读水平提高了无数倍，现在他朗诵得声情并茂。开始几天还好，我娘、我媳妇兰花没哭，她们只是神色凝重。我爹读到第五天晚上，他读到了许多在深圳乞讨的人群，读到有些小孩被人贩子拐卖被砍了手脚做乞丐……我爹高声朗读着：

从青岛来深圳旅游的中年女人王芳走在繁华的商业街华强北，她在拥挤的人群里穿梭，猛地她看见远处有个断腿的少年趴在大太阳底下，少年在向路人乞讨。王芳愣在了那里，那个少年像她三年前失踪的儿子，她苦苦寻找了三年的儿子。她再看了几眼，那个少年乞丐确实是她的儿子。

这时我爹停止朗读，放下书望着我们，他的右眼睛眯成了一条缝，他笑着说，你们笑一笑啊，王芳她们母子要相认了！我娘、我、我媳妇兰花放松紧张的心情，笑了起来。我爹开始继续朗读：

王芳久久地站在那里，她的眼泪涌出来，打湿了眼眶。

三年前，她的儿子还是活蹦乱跳的，现在却成了这副模样，断腿、佝偻着背……她朝前迈了几步，又停住脚。乞讨的少年调头朝她这边望，她猛地闪了身，犹豫着朝另外一个方向走去。此刻，王芳没有跟她失散的儿子相认……

我爹读到这里，我娘第一个哭了，我媳妇兰花第二个哭了。她们先是无声地哭，再是小声地哭，再到大声地哭。我急了，我说，爹，停下来，我娘身体不好，经不住这么哭、这么折腾！我爹老了，耳朵聋，右眼睛也老花了，他念书的时候，将书都凑到了他眼珠子前面。我爹没有停下来，我发现他的声音不对，我揭开几乎是盖在我爹脸上的书。我爹他也在流眼泪，眼泪汪汪的。我爹的泪水把书上的那页纸打湿了。

我不晓得我爹是不听我的，还是耳朵聋没听见，他继续读我弟弟马高写的书《悲情书》。我爹的声音传到我耳朵里，我就觉得自己仿佛看到了瘸子张三、瘤子李四、断腿王二麻子他们三个人在深圳乞讨的情景，他们真不容易啊！从前我还以为他们是在遍地黄金的深圳捡钱。此时我的眼泪也流了出来，接着便泣不成声。我儿子马小刀已经长大了，他坐在卧房做家庭作业。听到堂屋的动静，他跑出来见一家人围在堂屋里哭，他莫名其妙，以为家里出了什么大事，他也跟着掺和进来一齐哭。

堂屋的门没关，屋里此起彼伏的哭声传到了街上，隔壁左右乘凉的邻居听到哭声，以为我爹还是我娘放寿了，他们纷纷跑到我家门口张望。我娘哭得上气不接下气，不停地打着哭嗝。我媳妇兰花哭得一抖一抖的，比她两年前死了亲爹亲娘还伤心。我爹还在那里读，他的声音变了，嘴里像含了两枚鹅卵石。我已经听不清楚他读的是什么。邻居们站在屋门口喊，老马铁匠，马师傅，马爱国，你不要读你小儿子写的书了，你看你看，你们一家又没死人，哭得像死了人一样！

　　我家屋门口聚的人越来越多，我爹本来不想读了，但这么多人在看热闹，他又不好立马停下来。他继续哽咽着读几乎贴到他脸上的书。我娘打哭嗝，一口气没接上，晕过去歪倒在藤椅上。

　　我抱起我娘冲出家门。我爹他们尾随在我身后哭哭啼啼，我们一起朝官当镇卫生院跑去。我爹在后面的石板街上呼哧呼哧喘粗气，他一只手抵在长了骨刺的腰间，一只手杵在大腿上。我爹不停地喊，马虎马虎，你快些跑你，你娘快不行了！

　　我娘住进了卫生院，打着吊针，她声声呼唤着我弟弟马高的名字。她朝站在病床旁边的我爹说，马老倌，你让马高在深圳好好工作，千万不要喊他回屋，千万啊你！我晓得我娘想我弟弟马高了，她是在讲反话。

这十二年来，我从来没跟我弟弟马高打过电话，我怕耽误他工作。为了正在住院的娘，我提起电话，拨了马高的手机号码。电话通了，这个曾经跟在我屁股后头奔跑的弟弟马高变得十分陌生，我没有喊我弟弟马高的名字，我喊了他另外一个名字，他当作家的笔名马克。

我含着眼泪水对着电话说，马克呀马克，你写的那些让人哭的书，把娘的身子骨哭坏了，娘快不行了，你赶紧回一趟老家吧你！

刊载于《小说界》2008 年第 3 期

隐形人

零·老汪

老汪的退休生活单调而乏味。

天不亮，老汪就醒了，爬起床，刷牙、洗脸，然后换上耐克运动鞋，出门锻炼，有时跑步，有时快走。流一身汗，再返身回家，吃老伴准备好的早餐。他患有糖尿病，吃食相当讲究，多是粗粮，小米粥、紫薯、玉米。过去他爱吃炸油条、口味辛辣的汤面，退休前，听从体检医生建议，选择对一些食物忌口。他想工作忙忙碌碌一辈子，总得为自己活些日子，或者争取再多活几年，看着外孙女陶陶生儿育女。遇到雨天，老汪不出门锻炼，也会起床，到阳台打打太极，扭几把脖子、甩两下腿。不动一动，他感觉骨头痒，像是有个尖锐的铁耙在不停地挠他体内那堆老骨头。

老汪吃饱了早餐，舒服地靠在椅背上，戴好老花镜，翻阅报纸，通常是《参考消息》和《环球时报》。待读完报，一个上午差不多就过去了。这时老伴也从超市买菜归来，在厨房煮饭、择菜，准备中餐。

每一天，老汪重复流水线式的生活。起初，他心里有过抱怨，但眼见比他级别更高的退休干部生活得也就那样，脸上老年斑长得比他更多。很快，他接受了，看上去还过得有滋有味。

过完国庆节，老汪彻底解脱了。

老汪死了。

死于跳楼自杀。

大院内有人说，老汪可能患有抑郁症，一时想不开，走了极端。老伴回应说，你才有抑郁症，你全家都有抑郁症。老伴说话时一把眼泪一把鼻涕，伤心过后她想起来，事发那天老汪接了个电话，说出去见个人，回来就跳楼了。她说，当时瞅他一声不吭的模样，我就觉得哪儿哪儿不对劲。老汪刚做完体检，除了糖尿病，其他各项指标正常，他那么怕死惜命的人会自杀，鬼才信。

老伴不信老汪自杀。女儿汪琴也不信父亲会自杀。只有女婿路涛清楚岳父跳楼当中的蹊跷，他牵扯到了王副市长的贪腐案。

一·路涛和汪琴

茶几象牙白大理石台面上搁着一支 500ML 长方体酒瓶，将近空了。路涛又给自己倒了一杯白酒，喝半杯，让剩下的半杯残留橄榄色玻璃杯里。打了个酒嗝，他对汪琴说，就按我说的做吧！

紧盯木桌的纹理，汪琴端起酒杯，用舌尖舔了两口，辣得她把舌头急缩回去。她闻到一股刺鼻的酒精味，从路涛嘴里、从四面八方飘来，像一列快速行进的火车往她鼻孔钻。屏住呼吸，她将那杯酒灌进口腔，酒液辣得她直咳嗽，咳得肺痛，泪水流了出来。

他们的目光一齐转向电视屏幕，央视二套正在播放"直击华尔街"，面目精干的男主播转述美国财政部长亨利·保尔森的言论："美国政府将不会收购银行的问题资产，美国政府目前的注意力已经转向非银行与消费金融领域。美国政府的七千亿美元救市计划，将不会购买银行与金融机构那些有问题的资产。"

汪琴探手摸脖颈的铂金项链及颈下的钥匙形状吊坠，链子勒得她后颈痒。项链是他们结婚十二周年时路涛送给她的礼物。她说，没别的办法吗？

路涛说，这是我能想到的最好的办法。

汪琴说，下这么大一盘棋，绕来绕去，你该不是为了那个女人吧，撇下我，跑去跟她生活、跟她过二人世界。

路涛说，都什么时候了，还尽扯些乱七八糟的。

汪琴幽幽地说，谁知道，你什么事干不出来。

望了眼黢黑的夜空，路涛说，汪琴，过去的事，我们别提了好吗？我们更应该谈谈现在，如何渡过难关，下一步计划不算难，你得把葬礼办得像模像样，通知我所有的朋友。

汪琴说，我真不愿意那样，我们并不是山穷水尽、无路可走。

路涛说，是谁在背后捅刀子，落井下石，我得弄清楚，不能死得不明不白。

汪琴说，就算知道，那又怎么样？有时候，糊涂一点好。我就想糊涂一点，对夏紫睁一只眼闭一只眼。糊涂点我就不会那么难受，可我不会假装，装着什么都不知道、什么事也没有发生过。

她哭了，默默流泪。她说，路涛，你知道我有多爱你。

举杯，路涛将剩下的半杯白酒喝净。他感觉喉咙有股东西往上涌，不能再喝了，再喝就会吐出一堆秽物。如此令人动容的时刻，路涛也能做到冷静、节制。他说，该讲的我都跟你讲了，往后，我们过不了从前的日子。

汪琴说，只要跟你在一起，我什么都不在乎。

路涛说，我会把你和陶陶安排好。

汪琴说，家里的事，要跟陶陶交代吗?

他们的女儿陶陶在美国留学，俄亥俄州。路涛想起陶陶小时候，大概三四岁，他给女儿洗澡，女儿泡澡玩水，她用毛茸茸的声音说，爸爸，你看我玩，别走开，我一个人在浴室，会害怕的。路涛说，害怕就喊爸爸，只要听到你声音，爸爸就会出现。路涛接电话，走开了。女儿喊，爸爸、爸爸! 他马上出现在女儿面前。反复了三四次。第五次，女儿再喊爸爸，他故意没现身。女儿立马号哭起来，哭得薄薄的身板一抖一抖的。他赶紧现身安慰女儿，再也不敢玩消失。这一次他是真正消失，他想象不出女儿会伤心成什么样子。他说，陶陶那边，先瞒着吧，能瞒一天是一天，能瞒多久是多久。

伸手，路涛用食指指腹揩净汪琴脸颊的泪水，他说，这不是一件坏事，你要高兴、要快乐一点。他盯着那只没喝完的白酒瓶看，不知该喝光它，还是留着。他在考虑，要不要让自己醉一次。理智再一次占上风。起身，他在别墅楼上楼下巡视一圈，揿亮所有的灯，室内犹如白天。他第一次认真打量他住了将近十年的房子，美式田园风格，是汪琴和他共同喜欢的。暖暖的橙黄色的灯光洒在他身上，令他冰凉的心稍微感到一丝温暖和安慰。

汪琴在沙发上跪坐着，屁股压住脚后跟，长久保持同一个姿势，似一尊雕塑。她捂住脸，用指尖敲击额头，发出骨头和骨头轻微撞击细小的声音。路涛说，该收拾的都收拾好了吧，再检查一下，别落下什么贵重物品。

汪琴仍在敲击额头。她说，装好了，放心。

路涛说，唯独你和陶陶，我不放心。走吧，终归是要离开。他想拢过去抱抱她，对她再讲几句深情的话，但他不知如何开口。他闻到她身上淡淡的带薄荷的香水味。

汪琴说，等等，再让我坐两分钟。我爸生前说王副市长给"双规"了，你跟他没牵扯吧。据说他还提到一个涉黑组织——聚富会。

此时内外交困，他想，人倒霉，喝凉水都会塞牙缝。他突然讲了一句没头没尾的话，佛渡有缘人。

汪琴继续用指尖敲击额头，像是和尚手握犍槌敲木鱼，诵经。路涛抬腕，斜眼瞄手表，盯着秒针滴答滴答蜗行。两分钟到了，他没催她。她闭眼，神态虔诚，大概是在祈祷。路涛目光移向窗外，天空黑暗而沉寂，他在心中点燃那把火，火舌飞舞，整个屋子熊熊燃烧。

不安的气息在别墅大厅流淌。

他想等她开口，等她从口中说出离开。

二·我们

路涛死了。

我不信。

汪琴又告诉我葬礼时间。她讲的两句话瘦骨嶙峋，没一点多余的血肉。她的悲伤和失去带来的绝望，我能理解。

路涛生前曾经跟我提过，计划未来某一天回乡下弄个农庄，承包一座山头，种上大片大片的翠竹，养牛养羊养鹅养鸡，过简单、朴素的生活。他说，一个人最难的是放弃拥有，一时间要他放下，境界有限，他做不到。我说，小隐隐于野，大隐隐于市。路涛低眉望我，似笑非笑，目光仿佛一潭深水。

参加葬礼时，我想起二十年前的月光，还有月夜下的路涛、大伟、鹿鸣，我们赤裸膀子，同饮一瓶金威啤酒。谁会想到多年以后，我们四人会形同陌路。撑起黑色伞柄，我在细雨中缓行，忆起来时走过的路。

二十年前，路涛停薪留职，在一个雾蒙蒙的早晨，拎着行李袋踏上了前往南方的旅程。经他召唤，一年后，大伟、鹿鸣和我先后抵达椰城。

那时无论多忙，我们一个礼拜聚一次，有时两次。

聚会地点设在路涛在岗厦村的租屋。每次过去，我们轮流买菜带酒，菜多半是卤水拼盘、烧鸭、白切鸡、过油花生，酒以金威啤酒居多，偶尔我们也会来点白酒，红星二锅头。

中秋节，我们又相聚在一起，喝酒吃肉。天黑了，四人挤在逼仄的阳台，一人握一只啤酒瓶，对酒当歌。因为思乡，大家神情显得格外沮丧。路涛提议说，每逢佳节倍思亲，我们聊点高兴事，一人分享一个。

四个酒徒沉默。

我想起了离家前夜。抬头仰望悬挂天空的那轮满月，我说，我先来，不是高兴事，是件难忘的事。

来椰城临行前一天夜里，母亲在灶屋收拾碗筷，父亲把我喊进卧房。卧房里只有一把藤椅，父亲指着藤椅让我坐，然后他到堂屋搬来一把木椅。坐定后，父亲递给我一根香烟，我摆摆手，没敢接。我抽烟从来都是背着父亲的，不敢让他晓得。

父亲给自己燃了支香烟，抽完一口，他又把燃着的烟头掐灭了，一副心事重重的模样。父亲意味深长地望着我，看了三四秒，他说，去了南方，以后就全靠你自己，在外面做事，人要活泛点，眼里得有活。我没搭腔，只是点了点头。父亲讲完后，又燃了一根香烟。母亲收拾好灶屋，进来卧房，讲了些让我照顾好身体之类的话。

翌日，天蒙蒙亮，我躺床上，听到后院鸡笼有响动。听到一阵鸡鸣后，我又睡了个回笼觉。八点多钟，母亲喊我起床吃早饭。走进灶屋，八仙桌上炖着一钵鸡，母亲正往里头倒鸡血。

吃早饭时，母亲接二连三往我碗里夹菜。我讲吃不了那么多，母亲硬是要往我碗里塞，我又分别给她和父亲夹菜。饭后，父亲把我喊进卧房，问我要多少路费。我吞吞吐吐说，看着给。父亲打开锁，启开衣柜，伸着胳膊掏了半天，找出一沓钱，都是五十的。父亲反复数了几遍，最后清出八张，递给我说，四百够不够。我说，够了，路涛在那边。父亲望着我，把余下的两张也递给了我，他说，外边开销大，多给你一百！

父亲出了卧房，母亲又走进来，她在门口潦草地张望了几眼，赶紧把手伸进裤兜，掏出一百块钱。母亲说，你拿着，在外面吃点有营养的，不要告诉你爸我给你钱。我没有接母亲手里的钱，父亲以前经常跟母亲讲，慈母多败儿，读大学后，父亲再没讲过这样的话。我笑着跟母亲说，刚才父亲多给了我一百。母亲硬要把钱塞给我，我只好接住了。

去车站的路上，我和父亲肩并肩走，父亲跟我交代，只要踏实做事，对得住自己良心，别人就会回报你。母亲落在后头，她什么话也没说。这是我头一回出远门。我转回头看母亲，母亲泪水涟涟。

……

路涛说，唐浩，你这一讲，我更想家了。

大伟说，挣到钱我就回家。

鹿鸣说，我不想回去，椰城有我广阔天地。

银灰的月光水似的流在阳台上、流在我们身上。啤酒喝得仅剩最后一瓶，我们一口一口轮流喝，小口抿，舍不得将瓶中琥珀色的液体吸干净。我说，我的故事讲完了，谁接上？

路涛说，我来，我就讲讲我初到椰城的求职经历吧！

到国贸大厦时，为显示从容，我在大堂休息了片刻，擦掉额头的汗，挨到两点五十才乘电梯上18层原点广告公司。约定时间是三点。

跟前台小姐打过招呼，她把我领进接待室，里头有五个人，两女三男。前台小姐自报家门叫刘雪，她模样一般，但身材不错，皮肤赛雪。看到她，我想起一句老话"一白遮百丑"，对照刘雪，这句话有相当的道理。

三点整，刘雪揣着一沓纸跟在创意总监郭达身后，不是讲小品的郭达，这个郭达脑后扎着马尾。总共六个人竞聘一个职位，撰文指导。郭达领我们六人到创作室，刘雪将手上的纸发给我们，是笔试试卷，总共两道题。郭达交代我们一个小时完成任务，他笑容可掬地吩咐刘雪替我们倒茶水，相当客气，说完就出去了。

下午接近五点，原点广告公司李总亲自面试我，说快到饭点了，问我晚上有没有空，吃饭时再详细沟通，顺便谈待遇问题。听李总这么说，我晓得有戏了。其实晚上我一点事情也没有，故意顿了一下，谎称夜里约了朋友，改口问第二天上午再谈行不行。李总爽快答应了。

再次见到李总，我跟他海阔天空侃了一气房地产行业形势，他们公司主要做地产广告。李总的眼神变得越来越慈祥，完全是看儿子的姿态。我心里明白，他已经认可我了。李总跟我谈待遇时，我很想狮子大

114

开口，最终我想还是谦虚一点好，忍住没开口，说按新员工标准算薪水。李总讲了个数字，绩效奖金、项目提成另算。耳闻那串数字，我内心狂喜，脸上不动声色。

......

天热得邪乎，我剥掉上身圆领 T 恤，他们也随我脱。客厅摆了一台二手立式电风扇，扇头左右摇摆，发出类似夜间鼠类的吱吱声。大伟说，你俩把我要讲的故事，都给讲了，我没什么好说的，喝酒!

大伟举起酒瓶，没来得及入口，鹿鸣将酒瓶夺过去，他说，这瓶酒多金贵，悠着点喝。扬起手，鹿鸣指向远处的黑暗，用神父般庄重的语气说，那边"有亮"还是"无亮"。

我说，无亮。

鹿鸣说，祝你们前途无量。

三·大伟

租屋简陋，只有床、沙发、椅子及一大摞书籍。

屋子的主人是大伟。他床头枕边搁了两本书，一本是美国管理学大师彼得·德鲁克的《巨变时代的管理》，一本是高阳的《胡雪岩》。白天黑夜空闲时，他一遍又一遍地读，想把书读出花来，想把书中的智慧变成他的。读累了，他就摆出象棋，一人分饰两角，让"大伟1"跟"大伟2"下棋。大伟尽量不让自己停下来，一旦安静下来，他就会想起女朋友卫红。

大伟来椰城没多久，卫红也随他而来。他们度过了一段短暂而甜蜜的时光，接着小两口不时为些鸡毛蒜皮的事争吵，一个往东走，一个往西走。当然，根源都在"钱"上。

五月周末的一个黄昏，大伟察觉到异样。

那天是大伟生日。卫红坐镜前化淡妆、涂口红。大伟以为卫红要给他惊喜。卫红收拾好那张脸，换了件千鸟格连衣裙，她对身旁暗自高兴的大伟说，今晚公司有事，我出去一趟。她忘了大伟生日，或者假装忘了。

眼望卫红出门的背影，大伟感觉心脏处搁了块冰，寒气逼人。他尾随卫红而去。返回时，他后悔跟踪她，恨不得扇自己两耳光。他宁愿跟鸵鸟似的，把头埋进沙堆，假装什么都不知道。一个人坐在厅里的沙发上，大伟懒得开灯，就在黑暗中孤独地坐着。不知过了多久，他两条腿发麻，这时门开了条缝，卫红回来了。

揿亮厅灯，卫红目视沙发上的人，她说，大伟，吓我一跳，怎么还不睡你。大伟发现卫红嘴唇发抖，脸颊通红。

他本来想说，我在等你，我们好好过。但讲出口的话却是，你们什么时候开始的？他以为卫红会辩解。她却不假思索地说，上周。大伟不想听到这样的回答，他想听到卫红请求他原谅，但不是。半夜，他剥光卫红睡衣，毫不理会她的挣扎，恶狠狠地进入她的身体。完事后，他哭了，抱头，躲黑暗里压抑地闷哭。

又一天，卫红提出跟他分手。大伟不同意。可不同意也没办法，腿长在人家卫红身上，她想走，谁也拦不住。

大伟坐在木椅上，双手捂脸。他说，卫红，你想好了，真想好了，你走，我不拦你！

卫红说，大伟，我知道你对我好，以后我肯定再也找不到比你对我更好的人。

大伟说，少扯没用的，直说吧！其实大伟已经猜到答案。卫红没搭腔，默默收拾衣物，装进行李袋，走出租屋。

后来大伟才知道，夺他所爱的男人是个香港人。他以前知道钱重要，却没想到钱比他想象中更重要，跟氧气似的，离不开。卫红带走了租屋内所有的阳光，很长一段时间，大伟待在冰窖般的屋子里，似一头战败的狼，独自舔舐伤口。

一个人的租屋里，大伟无人交流，他不想找路涛、鹿鸣和我谈他的伤心事。他经常在室内踱步，跟锅碗瓢盆，跟沙发、床和椅子说话。

大伟对沙发说，告诉你，我不可能永远原地踏步，咱走着瞧！又对床说，我清楚我的短板，不就是口才不好、脸皮不够厚么，我练，我就不信下了功夫，摘不到桃子，收获不了果实。

从此，大伟床头又多了一本书——《世界名人演讲集》。每天临睡前，大伟阅读一小时书籍，再花半小时对着镜子演讲。屋内没有听众，沙发、床、椅子就是他的听众。他说，你们听好，演讲马上就要开始……接连几天，他朗诵了《在雅典五百公民法庭上的答辩》《要么胜利，要么死亡》《巴黎的自由之树》。

起初，大伟在他的沙发、床、椅子听众面前演讲，磕磕巴巴，像是舌头打了结，慢慢地，他的舌头捋直了，讲得声情并茂。若是听众们有眼泪，估计都能感动得流下泪来。大伟在公司跑业务，工作似乎也因他的努力，逐渐有了起色。夜里回到租屋，他不时跟他的听众们报喜。

他说，今天签了一单。

又说，今天收获不小，签了两单。

……

终于有一天，大伟拎着五瓶金威啤酒回家，还有卤猪耳、猪脚、五香花生。他说，告诉你们一个好消息，我升职加薪啦!

大伟忘不了那个夜晚,椰城星空灿烂,夜空因他升职而变得更为迷人。大伟一下用嘴咬开五瓶酒的瓶盖,跟他的听众们举杯庆祝,代替它们轮着喝啤酒。那边一杯,他这边两杯。那边说,祝贺,更上一层楼!他说,为明天干杯,相信我们明天会更好!

大伟把肚子喝得鼓鼓胀胀,人也抵达临醉状态。他像是对自己说,又像是对沙发、床、椅子等听众们说,路涛命好,找了个官二代老婆,起码少奋斗十年。我呢,得靠自己,得把步子迈得快一点,加紧赶路。

四·路涛

十年前,几乎是一夜之间,椰城的高楼雨后春笋般冒出来。楼宇丛林中有些写字楼、商品楼是路涛的公司开发的。宝城区几乎所有的旧城改造项目,都被他拿下,一一收入囊中。他是一位不按常理出牌、古怪的房地产开发商。独处时,他不喝拉菲、不沾女人、不涉赌局,而是打坐冥想,抄写《金刚经》修身养性。不时地,媒体还会报道他的慈善之举,捐建希望小学、为白内障老人无偿提供手术费用。

郊外的风吹在我和路涛身上，携带一股青草的味道。眺望眼前即将竣工的私人会所，路涛说，真想找个地方把自己藏起来。

我说，公司两千多号人，怎么办？

路涛说，累，真心累。

修建私人会所，路涛投入巨大心力，从选址到建筑设计，再到室内装修、选用材料，他都亲力亲为。会所建成后，路涛先后举办过多次雅集活动，令我印象深刻的有两次：一次是邀请一位僧侣讲佛经，一次是举办诗歌朗诵会。前者最终沦为生意人的资源分享平台，后者则让路涛领略到诗人们——一群时代的良心集体沦陷。

我以为路涛的会所是为生意而建，说，这地方低调，适合谈大生意。

路涛斜眼看我，说，老唐，你这是夸我还是损我。

我说，真心夸你。

路涛说，生意可以在办公室、在酒桌上谈，以后这里是修行的地方，不谈国事。他的口气，不像是开玩笑。我心想路涛胸中装了个"陶渊明"，他大概想当一名隐者。

路涛经常约我到他位于郊区静幽的私人会所喝茶，受邀的人另有老友大伟、鹿鸣。古朴的茶室点了印度香，青烟缭绕，满屋禅意。他们聊着楼市、股票、下一个投资风口，我一杯清茶两只耳朵摆他们面前，听他们神侃。路涛冷不丁来了一句，真他妈无聊！鹿鸣和大伟两人大眼瞪小眼，面色由白变红，又由红变白，苍白。我打圆场说，活着，活着就好！

端起紫砂杯，路涛说，我们再也回不去了，来，兄弟们，以茶代酒，走一个。路涛聊起1999年美国轰炸中国驻南斯拉夫大使馆。他说，还记得么，当年我们四个跟着游行队伍走在深南大道上合唱《国际歌》，那时候真好，真傻。

鹿鸣说，现在大家都在往前跑，谁想往回走，闲得蛋疼吧。

大伟说，路涛，你是吃饱了撑的。

后来喝茶雅聚，鹿鸣、大伟来的次数少了，成天忙这忙那，再后来，干脆就不来了。我清楚忙只是他们的借口，他们受不了成功人士路涛在他们面前耍清高。路涛说，老唐，钱是挣不完的。

我说，不缺钱的人，才有本钱说这话。大伟和鹿鸣他俩合办的公司还在学步阶段，跟你不一样，你已经上路了、会跑了。

路涛想说什么，欲言又止。眼望窗外盛开的木棉花，他说，喝茶，喝茶。又说，老唐，小赌怡情，大赌伤身，你得下点决心，把赌戒掉。

我的脸红了，直冒热气。

路涛没注意我，他仔细地盯看茶汤，似在研究水中的龙井茶。

有个阴雨天，我去会所找路涛，在廊道遇见一个面熟的人，等他从我身旁经过，我想起多次在电视上见过他，是主管城建工作的常务副市长。我没想到他也是路涛的座上宾。后来我打听到，王副市长信佛。路涛修建私人会所，是否跟王副市长雅好有关，我没找路涛求证，捅破这层纸。

我跟路涛一起喝茶，喝了一个春天又一个春天，喝到2008年9月，美国雷曼兄弟公司宣告破产。美国金融危机浪潮袭来的那段时间，我身边好几位办工厂、开公司的朋友，过得忧心忡忡，生怕过了今天没有明天。

雨夜，我接到路涛电话，以为他约我喝茶。电话那头说，老唐，有空吧，出来喝两杯。路涛的声音听起来怪怪的，仿佛来自悠远之地。那时，坊间已盛传王副市长被纪委调查，"双规"期间吞筷自杀，未遂。

我们约在国贸附近的苏荷酒吧见面。

坐下来，面色凝重的路涛不说话，我也只好沉默，俩人坐吧台旁的高脚椅上，你一罐我一罐，推杯换盏喝德国黑啤。眨眼间，面前瓶瓶罐罐摆了一堆。路涛说，老唐，这次的窟窿怕是填不平了。我说，路涛，喝多了吧，你还缺银子？！我清楚路涛房地产公司经营状况，椰城在售楼盘有三个，他不至于缺钱。路涛说，外地项目弄砸了，眼下能挺过去就好，挺不过去就得死。我说，我手头还有几个钱，明天转给你。其实我手头也缺钱，我知道路涛不会找我借钱，只是顺嘴讲个客气话。路涛说，不是一百万、两百万的事。又说，今天，咱俩今天不谈这个。

那个潮气逼人的夜里，我跟路涛坐在噪声涌动的酒吧东拉西扯。他是倾诉者，我是倾听者。

路涛说，人只有落了难，才明白谁是真正的朋友。

我说，那是。我没跟路涛讲我的事，他劝我戒赌，我心里戒了一千次一万次，可每一次去澳门，都对自己说，这是最后一次。赌输回来，隔一段时间，心头又有一窝蚂蚁爬，心痒痒。只好又一次跟自己妥协。

路涛说，我去找过大伟、鹿鸣，大难临头各自飞，他们抽不出资金。我清楚得很，若真心想帮忙……算了，不提了。

我说，你们仨不是结盟组织了互助会，互帮互助，我可是见证人。

路涛说，现如今谁会把口头的承诺真当回事。过去交好的人，见到我，都躲着走。唯独你老唐，够朋友。

猛喝一大口黑啤，大拇指和食指捏瘪铝壳罐，我说，真他妈不是东西。又说，路涛，别丧气，我再去找找他们。

路涛说，没用的。我听到过传闻，潘鹤和他们联手在背后使坏，有两家投资机构本打算借钱给我输血，半路给他们截了。今天我算是明白了，人心难测，想吃掉我的人，可不止他们。

我的脸热得发烫，目光移向邻座玩手机骨骼匀称的女孩。我不敢直视路涛的眼睛，尽管酒吧光线暗淡。我说，谁都没自己可靠。

路涛说，凡事有因有果，我不是一个好人，这大概是报应。

……

没过多久坊间传言：路涛安排好家人后，一把火点燃别墅，将自己烧了。这种死法，够惨烈。路涛弄出的火灾在椰城引起轰动，同行、朋友都知道他资金链出状况，寻了短见。也有传言称，路涛跟王副市长的案子有牵连，涉足的那潭水深不可测，不得不求死，以保家人平安。

五·汪琴

穿越天桥，汪琴朝着我站的位置走来。她没看我，涣散的目光直瞅地砖，像是路上铺满地雷，她走得小心翼翼。地铁口一堆人潮水似的涌出，淹没汪琴，瞬间潮水又四散开，烈日下，只剩面露疲态的汪琴和她灰暗的影子。

看得出，汪琴还未能从丧夫之痛中走出来。她环顾四周，目光锁定我，朝我走来。空气中没有一丝风。我耳畔响起她的声音，老唐，找个地方坐坐。她似一只机警的田鼠，左顾右盼，又说，我老觉得有人跟踪我。

我和汪琴继续往前，走去上岛咖啡馆。找了个僻静的位置，坐定后，我说，我一直在等你电话。

汪琴说，老唐，直觉告诉我，路涛没死，他还活着。

矮下头，注视脚上的皮鞋，脚趾头不舒服。我说，汪琴，我也希望路涛活着，但人死不能复生。火灾不止半年了吧，你得放下，接受现实。

望着眼前一盆葱翠的绿萝发愣，汪琴像是回过神来，她说，每次出门再回家，家里像是来过人，是路涛的味道。夜里我睡了，床前也像是有人守着我，想睁开眼，迷迷瞪瞪的，就是睁不开。若是能睁开，我就能看见路涛。话毕，汪琴陷入沉思，右手指尖无意识地敲击玻璃桌面。又说，老唐，你戒赌了吧，听说你在澳门输了不少。

我没看汪琴的眼睛，用勺子搅动升腾热气的咖啡，抿一口，呛到，我直咳嗽，快把肺咳出来。我说，找个时间，我陪你去医院，去看看心理医生。

汪琴说，老唐，你觉得我有病吗？

我说，汪琴，你跟路涛的感情，我能理解。

汪琴说，你理解不了，谁都理解不了。知道吗，一年前，路涛失踪过一个月，就在我以为他再也不会回来的时候，他悄无声息回到家。问他去了哪里，他死活不肯说。半夜三更，他经常叹气，像丢了魂的人，不停说哪儿哪儿都乱糟糟的，要找个安静的地方把自己藏起来。

她又盯着我看，说，老唐，你戒赌了吧？

我心里直发毛。端起咖啡杯，我说，喝，先喝咖啡。忙不迭将话题转移开，说，汪琴，路涛公司倒过几次手，现在他们接手在做了。我不想在汪琴面前提大伟和鹿鸣的名字。路涛生前，我去找过他们，请他们出手帮路涛一把。他们像对待上门乞讨的乞丐，傲慢，还有瞧不上眼的恶意。不帮就算了，甚至大伟还揶揄说，他不是想回到从前，正好公司倒了，一了百了，不想回去还不行。实际上，我也好不到哪里去，我真想把赌戒掉，哪怕剁一只手。

汪琴说，老唐，路涛生前经常在我面前说，你是他最值得信任的朋友。有件事，我考虑了很久，觉得有必要告诉你。

我说，什么事？

左右瞄了一圈，汪琴神秘兮兮说，你得先向我保证，不说出去。

我说，你还信不过我？！

汪琴说，不信你我就不会约你出来。

我说，好吧，我保证。

汪琴说，那场火灾将房子烧得一塌糊涂，烧得满屋黑炭。警察清理现场，却没能找到路涛尸体。又说，老唐，可别瞒我，你是不是知道路涛下落。

我盯着汪琴看，她满面愁容、眼袋肿大，一副失魂落魄的模样，像是中了蛊毒。我说，阴阳相隔，我哪能知道路涛下落，你可别吓唬我。

汪琴也盯着我看，像是想从我脸上找到唯一的正确答案。但我让她失望了。我说，路涛死后的日子，我过得并不好，也没想把日子往好里过。我安排人在网上匿名发帖，讲了路涛各种好，揭露大伟、鹿鸣各种不义及落井下石的行径。我估计他们找了公关公司，很快删了帖子。我派人再发，那边再删。如此反复。有天我接到大伟电话，他邀请我去他们公司坐坐。我说你们庙大，我哪里敢。大伟说有些事需要见面谈。我说跟他们没什么好谈的，直接把电话挂了，又继续在网络匿名发帖。大伟没再给我打电话。有个周末，我刚出小区，四五个膀大腰圆一身黑衣的男人围堵住我，将我一顿暴揍。女儿多多站在旁边，吓得号啕大哭。

我又说，霉运似乎盯上我，一个台风夜，我在开车回家的路上遭遇车祸。是车撞车。当场我脑袋跟方向盘碰一起，车在湿漉漉的路面翻了好几个跟头，人晕了。跟死神碰面，握了个手，我又逃离出来。我猜他们大概也只是想恐吓我，想让我本分点。

坐在咖啡馆，我把个人的际遇半真半假倒水似的讲给汪琴听，只有车祸是真的。她的目光戳向远处，神情奇奇怪怪的。我听到她一声叹息，然后带着失望的情绪离开。走了两三步，她转回头说，老唐，以后别去澳门赌了。

六·我

那场车祸，我撞到腿，腿瘸了。侥幸捡了条命，脑子却从此不大好使，经常丢三落四。妻子跟我一道出门，站电梯口，她盯着我说，老唐，赶紧的，把大门关上。往下一瞅，我脸一热，伸手拉上裤门拉链。

这类事发生了好几次，好在有妻子提醒，后来我习惯了，也不再面红耳热。直到有一天，妻子回家闻到满屋煤气味，她说，唐浩，其他都好说，不关气阀可是大事，弄不好会伤到多多。

回想出门前每一个细节，我说，煤气阀，我应该关了。

妻子说，错就是错，还不认账。

我说，再给我一次机会。

妻子说，一次意外足够毁咱全家。你把赌戒了吧，我担心借贷公司再来找麻烦。你上次拿着水果刀要剁手，求我原谅你，你知道你那模样有多狰狞！

我说，筱雨，不会有人再来骚扰我们。再给我一次机会，求你。

妻子说，好吧，就一次，最后一次。

半夜，妻子和多多睡了。我睡不着，还在琢磨煤气阀的事，我确定自己关了。但妻子不信。我想起白天驾车路过岗亭，小区出入口蹲着一个面孔阴郁的男孩，好几次，男孩就那么雕塑似的蹲着。我想那个可疑的男孩，会不会趁家里没人，干了点什么。我第一次怀疑有人潜入我家，当然，仅仅限于怀疑。

心里一直装着关煤气阀的事，我罹患强迫症似的时时提醒自己，结果还是忘了。不等妻子兴师问罪，我主动收拾行李，把房门钥匙交给妻子，拖着拉杆箱离开。我怕真出意外，伤到女儿。我说，筱雨，你跟多多过吧，我搬去住那套公寓。

妻子说，周末我们会过来看你。

白天，多数人去上班了，我没开车，而是坐的士回家。现在这个家成了妻子家。我想查看一下动静，无所事事等在家门口，拿着手机浏览新浪新闻打发时间。我等到了那个阴郁的男孩，他戴着一顶红色太阳帽。见到我，他愣了两秒，转身去按电梯下行按钮。我对着男孩的背影说，今天我坐出租车来的，你没发现我的车，对吧。告诉我，你是谁派来的，欠款不是还给你们了。又说，你认不认识潘老板？

男孩说，先生，你认错人了。

我说，不管你是谁，别骚扰我家人。

电梯门打开，男孩走进电梯，我跟随进去。我说，别让我再看见你。

男孩说，先生，你肯定是认错人了。

我说，回去告诉他们，把我惹急了，杀人放火，什么事我都干得出来。

男孩的目光像长了翅膀，在电梯里四处飞，却不敢看我。

搬进公寓那天夜里，我想到了死，不愿再做提线木偶，被别人操控。我想学路涛那样，放一把火，将肉身烧成灰烬。看到女儿多多各种好，我又贪恋活下去，至少得活到多多出嫁那天，亲手将她交给那位令我心生嫉妒的男孩。过去，我们生活在一起时，面对天使般的小人儿，我会窝坐在沙发上，边伸懒腰边说，宝贝，爸爸累了，怎么办？多多便凑过来，亲吻我的脸，一侧不够，还会补亲另一侧。她说，爸爸，给你补充能量。这是我和女儿多多之间耍的关于"能量"的游戏。

好些黑暗的夜里，我睡不着，站在公寓窗边，眺望远处闪耀的灯火，回想过去的事。一块脏抹布不停地拭擦我的记忆。我忘记的事越来越多，关于路涛的事，我却记得，且倍加清晰。

七·夏紫

来椰城前，路涛在长沙一家报社工作过一段时间，负责娱乐版块。有家地产公司策划了一个选美活动"星城小姐选美大赛"。报社主编安排路涛负责这次活动，全程跟踪报道。活动预赛会场设在热舞会所，选手夏紫是33号，她出场时，艳惊四座。路涛眼前一亮，她跟周慧敏太像了。路涛在资料里找出她的电话号码，单独记在笔记本上，然后打了一条重重的下划线，以示重点。

夜里路涛打电话给夏紫，表明身份称自己是记者，对她作了简短采访。通过聊天，路涛感觉得出来，夏紫是个忧郁的女孩。聊过几次后，夏紫把路涛当朋友处。首轮筛选，夏紫顺利入围大赛前十名，她们中将产生冠、亚、季军，冠军获得者将成为地产公司形象代言人，既有奖金，又有酬劳，名利双收。

决赛在湖南女性频道演播厅现场举行，同样是才艺表演，夏紫获胜呼声极高。整场比赛下来，夏紫拿冠军可谓实至名归，可评委选出的结果让人大感意外，夏紫仅获得季军。后来路涛从夏紫那边听说，本来她是能拿冠军的，但她的"后台老板"不许她抛头露面，经过暗箱操作，给她弄成季军。

这事闹得夏紫心情跌到谷底，她觉得自己跟笼中鸟差不多，没自由。不久后的一个夜晚，夏紫跟路涛倾诉她的私密，两年前她被一位老板包养，还给路涛看了她和后台老板的合影，两人笑容可掬、举止暧昧。

在夏紫心情起伏不平的那段日子，路涛在电话里给夏紫朗诵过一首诗《白纸》：

你说你已不是一张白纸

你能是一张白纸吗

白纸不是你生命的背景

你应是八月，是未灭的火星

是窗子上飞翔的云

即使你真的是一张有斑点的白纸

我也绝不是一支会说谎的画笔

我要用心画一条长长的小路

让那斑点做路面上的石子

阳光下，车轮拉着天空碾出幸福的声音

　　路涛说这首诗是他专门为夏紫写的，其实不是，这首诗是路涛一位诗人朋友罗铖创作的。夏紫听到路涛朗诵的诗歌，醉了。她说想立马见路涛。

　　在夏紫家里，做爱前，她对路涛说，再给我读读那首诗。当时路涛脱光衣服，模样滑稽，一边激情四溢地背诵诗歌，一边剥夏紫衣服。像是巫师的祭祀，像一场隆重的仪式。夏紫格外疯狂，她骑路涛身上，边流泪边摆腰。舞台上坚硬的夏紫在床上变得格外柔软，她告诉路涛，不少人背后骂她是有污点的白纸，从来没人讲她是画有小路的白纸，路涛是第一个这么讲的人。不久，夏紫想离开她的后台老板，跟路涛私奔。路涛没答应，讲尽各种好话，甚至将鲁迅的小说《伤逝》搬出来，讲涓生和子君的爱情，由于没有物质基础，每天奔忙于鸡零狗碎的日子，爱情变成乱弹琴。路涛最后沉重地说了一句，爱情需要物质基础。

随后路涛离开长沙，奔赴椰城。他在做地产项目时，遇到一个槛，需要解决资金问题。大伟告诉他，吴行长垂涎女人，必须投其所好，搞搞公关才能拿到贷款。

路涛想到了夏紫。

让夏紫来深圳公关，这种想法若变成行动，简直丧尽天良。路涛心里拿不定主意，决定抓阄，让老天爷做决定。寻来一张纸，他把纸撕成两截，一边空白，一边写"可以"。摸三盘，三盘为定。第一盘，他摸了个空白。手有些抖。第二盘，摸的是"可以"。他的手抖得更厉害。第三盘，他闭上眼睛，小心翼翼伸出手，结果摸的是空白。老天爷不帮他，他心里盘算了一下，还是决定要做。其实一开始，他就已经打定主意。

想到要靠出卖夏紫达到目的，路涛在心里骂自己连"小姐"都不如，她们仅仅出卖肉体，而他要出卖良心、出卖灵魂。

利用假期，路涛回了趟长沙，直接把夏紫带来椰城。他是以邀请夏紫过来椰城玩的名义，将她带过来的。看着夏紫温婉的笑容，他心痛不已，不敢正视她的眼睛。

夜里七点半，路涛在圣廷苑酒店定了一桌饭，邀请吴行长参加饭局。酒桌上，吴行长看到夏紫后，神情古怪。

喝着酒，吴行长天南地北侃，路涛有意多给夏紫斟酒，让她多喝。经人一劝，夏紫喝开了。酒局结束，夏紫喝得微醺。

路涛搀扶夏紫走到开好的房间，倒了一杯白开水。由于紧张，路涛的手不停颤抖，倒开水时洒了满桌。倒好水，他小心翼翼从裤兜掏出纸袋，袋内装有几粒安眠药。怕出问题，白天他装成失眠病人到医院看医生，医生给他开了几粒安眠药。路涛倒出一粒，给夏紫服下。转身走到门口，他担心一粒药剂量不够，中途夏紫醒来。于是，他再次从裤兜掏出纸袋，又给夏紫服了一粒。然后一步一步走出门，走得比蜗牛还慢。

酒店大堂，路涛在吴行长耳旁交代几句，讲事已办妥。吴行长不清楚路涛给夏紫服了安眠药，他径直走去房间。路涛离开酒店，就近在凯丰路找了间酒吧。他想夏紫在吴行长手上不晓得怎么样，砧板上的肉，肯定好不到哪里去。他脑壳里一片混乱，接着又是一片空白。

凌晨一点，吴行长给路涛发短信，让他过去收拾残局。路涛听到"残局"，心里一阵慌乱，猜想出了什么问题，各种可能都有，比如夏紫中途醒来百般抵抗，吴行长虐待她，用皮带抽她的细节路涛都想到了。

赶往酒店路上，天上莫名其妙落起大雨，到酒店时路涛头顶电闪雷鸣。吴行长已经离开，房间的壁灯开着，灯光调得暗淡。房间宁静，像没有任何事情发生。路涛幽手幽脚拢近床边，目视沉睡的夏紫，睡态安详。他脱光衣裤冲凉后，躺到夏紫身边，把现场伪装成是他跟夏紫一起做爱。

窗外一道道闪电过后，响起一声声惊雷。小时候，路涛经常听老人们讲，一个人做了昧良心的事，会遭雷劈。在他们老家，如果一个人恨另一个人恨得入骨，他不会跟对方骂老子，而是咒骂对方遭雷劈。

临近天亮，夏紫醒来了，她盯着路涛的眼睛，扬眉微笑。她问他晚上怎么这么卖力，她下身隐隐作痛。路涛沉默不语，苦涩一笑，笑容比哭还难看，但夏紫没看出异样。他暗地里咒骂吃了伟哥的吴行长不得好死，遭雷劈。

夏紫说她还要跟路涛做一次。路涛担心她，讲以后再做。夏紫坚持要做，她起身拉路涛跟她一起洗澡。浴室灯光下，路涛看见夏紫的脖子、乳房、后背，到处是紫色的痕迹，狗日的吴行长咬的。他一边洗一边亲吻夏紫的伤痕。夏紫看路涛的眼神变得迷离，她哭了，她说路涛比以往任何时候都对她好、温柔。

回到床上，做爱前，夏紫笑盈盈地要路涛朗诵那首在长沙时为她写的诗。这首诗歌不是路涛的原创，夏紫一直蒙在鼓里。路涛张开嘴，开始声情并茂地朗诵《白纸》。

路涛用温润柔软的语气朗诵着这首诗歌，中间眼泪水止不住流出来，他的心一阵阵绞痛，带着哭腔勉强把诗歌背完。夏紫用手揩干路涛脸上的泪，直夸他这次朗诵诗歌是最有感情的一次。

夏紫的话像闪电击中路涛，他暗骂自己不是人，猪狗不如。他说，夏紫，你恨我吗？翻身，夏紫感到体内某个地方不舒服，她说，被恨的人，是没有痛苦的，去恨的人，却是伤痕累累。我干吗要恨你！

八·潘鹤

他刚脱掉女人宝蓝色裙子，枕旁手机响了。

是个没存的手机号。那边劝他放弃宝城旧城改造项目，讲话口气比铁还硬。他坐在床边接电话，女人发现，刚才还残留在他脸上的笑容僵住了。他说，你当我是吓大的！

女人伸出白皙的瘦手拉他裤门拉链，他拿手挡住，用眼睛示意女人停下。他盯着女人的锁骨看，性欲一截一截减退。

那边清楚他的老底，知道他是大伟、鹿鸣的幕后人。那边说，潘总，你上有老下有小，小心一点好。

他说，你这是威胁我？

那边说，看你怎么理解，做人得识时务。

他说，我倒是想见识见识你们的手腕。他扬手抹干净额头浸出的汗液。

那边说，潘总，你等着，我们最好见面聊聊。

然后他听到一阵忙音。点燃一根香烟，他心烦意乱抽起来，作为一个地产界重量级拳手，他不知道对手是谁，藏身何处。

女人凑过来，嗲声嗲气说，还做吗？

他说，我得赶回公司，忙点事。他伸出干燥的手掌，摸了两下女人光滑的额头。抽完一支烟，他拎起手提包，匆忙离开。

在地下停车场，他刚打开车门，身后刮起一阵风，围拢来两个人。当中一人手持利刃，顶在他腰间，坚硬、冰凉。他听到一个低沉的声音说，走，我们老板想见你。

他闻到不祥的气息，胸口一阵闷痛。

他们跟他一道上了他的车。他和持刀人坐后排。另一人开车，将他的路虎越野车驾驶至郊外。他眼睛被蒙住，不知身在何处。一只有力的胖手推他下车，走走停停，他隐隐闻到一股香火气，像是走进寺庙。他猜，他们已到达目的地。

随后他被绑在一张木椅上。一个声音说，潘总，欢迎。

他鼻翼翕动，说，你们这么见不得人。

一巴掌扇他左脸上。又一声响，巴掌扇他右脸。远处传来一个声音说，住手，我们不是野蛮人。瞬间室内安静下来。他又闻到了香火味。他说，这是哪座庙，和尚念的是什么经？

来人说，聚富会，潘总可有耳闻？

他说，去年旧城改造拆迁，两家钉子户，一户给挑断脚筋，一户砍了手掌，是你们的人干的，我倒是有耳闻。现在王副市长倒了，树倒猢狲散，聚富会长不了。

来人说，你可知道我是谁？

他说，一个不念经的和尚。你岳父都自杀了，没想到你真还活着。这块地，我来过两次，我记得你点的印度香。唐浩告诉我你活着的消息，我不信。王副市长那船人，都以为你死了，没想到你玩了个金蝉脱壳。

来人说，潘总是聪明人，但我不喜欢跟聪明人交朋友。手机响一声，有条短信。他看向屏幕，"潘鹤知道的人多，不留活口"。又说，上面想你死，你想怎么个死法？

他说，大家都是求财，宝城区旧改项目，我们可以合作一起做。

来人说，你玩的花样，别以为我不知道，当初你一边做大伟、鹿鸣幕后人，一边又操控唐浩在我身边探听消息。

说吧，想怎么死？

有人启动电锯，室内响起锯木头聒噪的声音。

他说，中央投入4万亿救市，等着看吧，楼市垮不了，有钱大家一起挣。他后背已经被热汗、冷汗浸得湿透。

电锯声瞬间停了。厅里静得恐怖。来人突然说，莫弄脏这块地，安仔，上药。他们撬开他的嘴，灌进不知多少粒药丸。他摇头摆脚挣扎，却无济于事。不久，他睡着了，似初生婴孩。他永远不知道，吞下的是安眠药。

那伙人将他抬进他名下不常住的一栋别墅。沉睡的他躺在别墅二层卧房松软的床榻，床单雪白刺眼。

九·纵火者

租屋客厅三个人围坐一桌，玩扑克牌斗地主。听口音，他们是湖南人。当中的胖子手气出奇的好，一把牌捡了三个炸弹，将另俩人炸得丢盔弃甲。

一个说，不玩了。

另一个说，没屌意思，起不到一把好牌。话毕，他起身，朝冰箱拢去。他走路两条腿一高一低，可能是儿时罹患小儿麻痹症，留下后遗症。拉开冰箱门，他摸出一罐青岛啤酒，冲桌边两人说，要不要来一罐。胖子说，来两罐。

另一个说，晚上干活，少喝点。瘸子从冰箱里掏出两罐，说，光头，你他妈到底喝不喝？光头像是在考虑到底是喝还是不喝，目光聚焦到泛黄的墙面，他说，来一罐。瘸子再从冰箱摸出一罐。

他们又在桌边围成一圈，这次不是玩扑克牌，而是喝啤酒。

瘸子说，要是有盘花生米，就着喝酒就好了。

胖子说，等干完这票大的，老子带你吃香的、喝辣的。

瘸子说，那笔钱我得留着，给我儿子治病。

他们喝着啤酒，天慢慢暗下来。楼下传来嘈杂的声响，是城中村独有的氛围。光头的手机响起铃声，是旭日阳刚唱的《春天里》，按接听键时，他的手抖了一下。那边说，你们都准备好了？

光头说，安老板，只等您一声令下。

那边说，跟你交代过多少遍，别喊安老板，就喊我贾老板。

光头说，晓得了安老板。又纠正说，贾老板，晓得了。我们只负责放火，别墅没住人吧！

那边说，放心。

光头说，有您这句话，我就放心了。

那边挂电话，光头也把电话挂了。

瘸子发现光头手抖。他说,光头,你是不是怕,看你话都讲不转。

光头说,放把火,又不杀人,怕么的。

瘸子说,不怕你起身走两步,我看你骇软腿、卵都吓趴下了。

光头说,不讲话没人当你哑巴。

胖子目光扫了一眼瘸子,又扫了一眼光头,他说,都他妈少说两句,我们是一个团队,团队要有团队的样子。

半夜,他们潜入一栋别墅,浇了满桶汽油,点燃一把火。第二天,他们看电视新闻,才知道别墅有一个男人,是个姓潘名鹤的房地产商人,给大火烤熟了。光头骂骂咧咧地说,狗日的,我们被姓安的耍了,有命案在身了。他摸手机,准备给安老板打电话,手机壳冰凉。他的手又在抖。电话没打通,那边关机。五分钟后,他又拨一次,电话仍然关机。

光头跑去洗手间屙尿,手机响起铃声。不等对方说话,光头说,贾老板,事情闹大了,死人了。

那边说,淡定。这件事天知地知你知我知,最好烂肚子里。

光头说,只怕没有不透风的墙,一条人命,不是小事。

那边说,这次报酬多付你们两成。到时,你们再干一票，报酬另算。

光头说，不干了。

那边说，报酬加三成。

顿了两秒，光头说，我们兄弟几个再议一议。

他们商量时，瘸子说，反正已经下水了，我干，我儿子动手术需要大把钱。胖子说，就算干，也得先把这次的酬劳拿到手再说，一码归一码。光头说，你们同意，那就再干一票。

十·路涛和我

七月，椰城进入绵长的雨季。

潮湿的气息令人难受。我任何事都不想干，坐椅子上发呆，任由时间流淌虚度。耳鸣、鼻塞、流涕，我想我是病了。

每年七月，我都会生一场病，感冒或者发烧，要不就是扁桃体发炎。有位耳鼻咽喉科的医生建议我做个小手术，割除扁桃体，但我没接受他的好意。我想再小的手术它也是手术。取出药箱，拧开农夫山泉矿泉水瓶盖，我吞下两片阿司匹林，趄回床榻，捂紧空调被，闷头睡觉。

门铃响。

我懒得起床开门。可门铃锲而不舍响，响一阵，铃声止住，手机又响起聒噪的声音。是顺丰公司的快递员，让我接收一份快递。

爬起床，开门取快递。是朋友寄来的请柬，朋友公司前海项目举办开工典礼，邀请我去捧场。擤了把鼻涕，我又躺回床榻，迷迷糊糊睡着了。手机铃声将我从睡梦中拉回到现实里。手机屏幕上是个陌生号码，那边传来的声音既熟悉又陌生。男声说，是我。

脊背一阵发凉，我说，路涛，你还活着？

路涛说，嗯，还活着。这个结果很多人不愿看到。有空的话，出来碰个面？

鼻子嗡嗡两声，算是答应了。

风雨交加，郊外夜晚的停车场空无一人。我开车提前到达约定地点，拨路涛电话，告诉他，我已抵达。

路涛说，你一个人来的？

我说，当然。

穿一身雨衣的路涛出现在我眼前。他整张脸被遮得严严实实。雨滴在我们身前坠落，狂风携裹着雨丝呼啸而过，路灯昏黄的光洒在我俩身上。路涛说，老唐，你还是老样子。

伸手摸了两下瘸掉的左腿，我说，这腿废了，我算是回不去了。路涛说，是的，回不去了。他的语气有种宿命的味道。又说，你戒赌了吗？我盯着雨雾中的黑影，沉默。三米开外长相蓬勃的大榕树在风雨中飘摇。路涛说，老唐，你应该说话，给我个解释。你干的那点事我一清二楚。

我说，路涛，我不瞒你，我也是被逼的。

路涛说，你若是念及一点兄弟情，没人逼得了你。

冷风呼啸而过。环顾四周，我说，为了家人，我不得不出卖你。

路涛说，你是我最信任的朋友，当然，是在过去。没想到你也会参与进来，一开始我就起疑了，敌人太多，我只好放一把火，将自己藏起来置身暗处。

我说，路涛，我对不住你。

路涛说，我查过，你去澳门赌，是潘鹤设下的局，他在澳门承包有几处 VIP 赌厅。

眼望黑暗中斜落的雨滴，我说，现在说什么都晚了，回不去了。

一个黑影从雨雾中晃出来，是个戴帽子的消瘦男孩。近看，是红帽子。我记得这个古怪、面孔阴郁的男孩。路涛望着我，他说，这是我儿子。

我说，你儿子？

路涛说，夏紫生的。

我说，路涛，你到底跟我说的哪些话是真的，到底瞒了我多少事。

路涛说，聚富会，你听说过吧？

我瞪大眼睛从头到脚打量路涛，像是看一个陌生人。我说，过去你常说要把自己藏起来，藏得够深的。那次在会所见到王副市长，我就该想到，你说的是一套，行的是另一套。一直以来，我以为你在努力做一个好人。

路涛说，大多数人一辈子只做了三件事——自欺、欺人、被人欺，我曾经想跳出去，又被一股力量拖拽回来。我放不下执念，佛渡有缘人，渡不了我。

男孩矮下头，目光盯着他脚上那双被雨淋湿的纽巴伦休闲鞋。我闻到刺鼻的怪味，是近处垃圾堆散发出的气味。

我说，车祸是你安排的？

路涛沉默。

左手指向男孩，我说，煤气阀是他弄的？

路涛继续沉默不语。

我说，你跟汪琴合演了一出戏，对吧？

远处黑暗中传来一阵狗吠，我等待着，等待对面的人给我答案。

刊载于《文学港》2016 年第 8 期

雅集

　　春雨持续落了好些日子，室内潮乎乎的，高燕感觉身体都快发霉了，得把脏器一件一件掏出来，搁阳光下晾晒。雨滴有节奏地敲击窗玻璃，高燕枯立窗边，回想那段旅程，真是折磨、煎熬。

　　他们护送女儿多多，赴巴黎留学，顺道在伦敦、罗马等地观光，兜了一大圈。旅途中，高燕处处小心，忍让、妥协，费尽心思讨好马青。换来的却是马青的无动于衷，夹杂冷言冷语。

　　高燕说，你看我哪儿都不顺眼！

　　马青说，就是。他冷漠地盯着高燕齐眉的刘海，回答也是惜墨如金。幸好有女儿多多在，他们不至于火山爆发，大动干戈。

　　站在黄昏的塞纳河河畔，高燕和马青面对面，沉默不语。多多快活得似一只阳光下的飞雀，在一旁手舞足蹈，追赶低飞的蝶群，一路跑至远处。眼望多多奔走的纤瘦身影，马青收回目光，压低声音说，我们真不合适，还是趁早离了吧！

高燕清楚马青厌弃她什么，现如今的人都争着抢着朝前跑、朝前冲，慢了生怕掉队，她却退缩到一个无人喝彩的幽暗角落，似受伤的刺猬，淡泊、无为。她想起多年前初识马青时，他羞怯、拘谨，带那么丁点书生气。婚后突然有一天，马青似换了DNA，基因突变为一名满血复活的战士，过往的一切全消失了，他成了一名标准的职场人士，强干、精明，目光如狼。高燕龇牙说，离婚，想都别想你。

又是一阵沉默。

他们的目光戳向更远的地方，有铅灰色的云层。多多调转身，随蝶群折返跑回。高燕感觉自己似一只跌进陷阱，无助、绝望的羔羊。强忍着，她的眼泪水还是流了出来。女儿多多距离她越来越近。高燕背过身，迎着凄凉、犀利的冷风，用手背轻轻抹干眼泪水。她还没做好改变的准备，或说她害怕改变。她想好了，绝不离婚，就这么耗着，耗下去，死也要跟马青死在一起。

旅行归家后，阴雨连绵，他们的家庭却迎来了阳光，马青似中了情蛊毒，完全变了个人，对高燕殷勤得不得了。

高燕说，马青，你变脸真快，比翻书还快。

马青说，我不是你、不是你爸，长一颗榆木脑壳，一把年纪了还没活明白。马青讲了一半，另一半重要的事他闭口不谈。

高燕说，你倒是活明白了。有事说事，少来这一套！

马青说，没事。

其实马青有事，还是大事。鹏城新调来一位主抓城建工作的副市长李雷，李副市长是位风雅之士，爱奏古琴，听琴音。新官上任，李副市长没烧他那三把火，却是"不务正业"，筹办古琴赛事，托人盛情邀请古琴演奏家高老爷子担任评委，遭了婉拒。高老爷子称如今两耳听到的皆为浑浊之音，难担大任。

高老爷子就是高燕的父亲。

多多放假了，从巴黎回到鹏城。

高燕和马青一家人组了个饭局。餐厅是女儿多多挑的，万象城附近的一家意大利餐厅。多多想弄点情调，缓和父亲母亲关系。高燕倒是看出了女儿的心思和好意。那个曾经撒过盐的伤口，好是好了，但留下的疤痕却触目惊心。唯有高燕本人清楚，破镜重圆、化干戈为玉帛，哪能那么容易。

切牛排时，高燕抖动的手不小心碰倒了红酒杯，暗红的酒渍浸湿奶白色桌布。马青盯着高燕握刀叉的手，食指和中指轮换敲击桌面，扬眉微笑。若是从前，他们可以为这一丁点小事，闹上大半天。现在不了，他们坐一起，单顾着跟女儿嘘寒问暖。

也许，这一切只是虚幻的假象。

多多说，聊聊你们吧，我在巴黎就那点事，读书、恋爱，无聊死了。多多一副少年不知愁滋味的模样。

高燕说，我们，我们都挺好！

多多老练地轻晃手中的红酒杯，紧盯着高燕的眉间。她说，妈，我想听真话。

抿了口红酒，马青附和说，真话就是我跟你妈好着呢！他伸出暖和的手掌握住高燕冰凉的手，捏了两下。

一时找不到更合适的话题，他们都噤了声，埋头吃意大利面，切牛排，喝红酒。多多感觉到了别扭，也看出父母之间的别扭。她把视线转向围坐另一张桌台的一家三口，细声细气说，看他们，那才是真正的一家人。

高燕说，谁说我们不是，他们能比我们好多少？高燕很想告诉女儿，凡事不要只看表象，那对有说有笑的中年男女，真有那么相爱吗？或许他们曾经相爱过，爱得死去活来，但现在，现在不一定。高燕忍住了，女儿才不到十七岁，花季雨季的年龄，她不希望女儿过早看到生活的真相，看到人生里的某些不堪。

多多端起红酒杯，把玩，眼睛紧贴杯壁，透过黏稠、暗红的液体，看餐厅的食客、摆件。她联想起美剧悬疑推理片里的凶案现场，有股腥气钻进她的鼻孔，迅速侵入肺部。她说，找时间你们来巴黎，来看我吧！

马青说，没问题，一定，我跟你妈一起去！马青意识到时机到了，讲起心中酝酿已久的大事。但又不突兀，他轻描淡写地谈了请岳父高老爷子出山，参加李副市长私人雅集活动的事。他再三强调，不是去做评委，而是去当座上宾。

高燕说，马青，你不是嫌我爸是榆木脑壳，今天倒好，还请他替你办事，不怕到时帮了倒忙，给你弄砸了。

多多古怪地朝父亲马青笑，她说，爸，妈给你办事，这顿饭你买单！

马青说，请客，没问题！话毕，他端起酒杯，小酌一口，又将半杯红酒喝得底朝天。

老高退隐"江湖"多年。

忘了从哪一天开始，老高豁达地想，活着，日子多过一天便是多活一天，赚了。尘世间他唯一放心不下、牵挂的，是女儿高燕。

有天半夜醒来，老高听闻暗处墙角传来清雅、静幽的琴音。他一时不知身在何处，是醒着，还是梦着。探手捏了一把臂肉，痛。

不是梦，老高在黑暗里醒着，比什么时候都清醒。

琴音绕梁不绝，似潺潺流淌的溪泉。老高出现幻听好些日子了。得怪女儿高燕，非请他出山，奏古琴。自老马离世，滚滚红尘，属于他们的时代已远去，老高感叹知音难觅，便封了琴，从此"金盆洗手"。掐指算算，已近二十年。

老高家和老马家是世交，两家又联了姻，女儿高燕嫁给老马的儿子马青。亲上加亲，本是件美事，但婚姻这种事，谁扯得清楚、道得明白。每次高燕回娘家，老高目睹女儿强颜欢笑，眉间闪动愁云，他清楚女儿过得并不幸福，但他从不捅破那层纸。女儿性格随了他，是个隐忍、要强的人。

蝉声聒噪的午后，高燕跟父亲老高谈起马青的事，讲了一半能说的，省略了另一半不能跟父亲谈的。临了她说，爸，你得帮帮马青。又说，爸，我知道，这事难为你了！老高思忖良久，不搭话，女儿长这么大，没求他办过事，女儿的婚事，当时也是他提议撮合的，过得好或不好，都有他一份责任。

厅堂静得可怕。

父女俩只听得到室外传来的蝉鸣和彼此心脏的起伏声。高燕哽咽说，爸，你不说话，我就当你答应了！她眼窝潮湿，眼瞳猩红。

老高目光幽幽地注视泛黄的墙壁，眼神里尽是空茫。

高燕哭出声来，凉滑的手掌捂住嘴角。她说，爸，要不还是算了！

老高重重地叹了一口气。

马青移动青花瓷酒杯，起身敬房管局领导，他说，胡局，老爷子的工作我来做，你放心，这杯酒我先干为敬！之前马青听到坊间传言，省组织部刘宝山部长好古琴这一口，李副市长倾心古琴不过是投其所好，为仕途垫石铺路。

落座，手机来了条短信，马青瞄了一眼，他们公司掌管帅印的总经理张军在马来西亚潜水，不幸溺水身亡。闪过一丝悲伤，随后马青内心的幽深处生出一阵绵长的窃喜。马青暗想，摆在面前的机会，竟以如此血腥的方式出现。他是公司常务副总，好些年没挪过位置，正当他心灰意冷，却搭上空降鹏城的副市长这条线，升迁的机会也悄然而至。那个和风细雨的夜晚，马青情绪复杂，感叹人生无常，又见柳暗花明。最后他喝高了，醉了。

死亡本身是件凡事。

但张军身份不对、死亡时间也不对。鹏城正启动旧城改造项目，张军所在的国有上市房地产公司是最有力的竞争者。一时间，坊间各种版本传言泛起，是意外，是情杀，是同僚、竞争对手买凶杀人……

一件平常事，经这一传，就变得古怪、神秘了。所有知情人都在期待谜底揭晓。马青跟过去一样，不显山、不露水，该干吗干吗，只是谈起张军溺水事件时，略露悲伤，诅咒命运不公、天妒英才。面上面下两张皮，马青将分寸拿捏得相当好，不刻意，又近人情。董事会很快下发文件，由马青暂代张军职务，统管公司全局工作。

文件刚下发，马青便收到十几二十条道贺短信，全是业内同仁，也包括公司其他四位副总。当中一位副总特意前来办公室，提议夜间小聚。马青伸手做了个下压的动作，示意"低调"。那位副总神秘莫测地冲马青笑，旋即离开。

他人的非议，马青也有所耳闻，称"张军不在了，马青是最大的受益人"。马青清楚背后有人故意使坏，想把水搅浑。他佯装不在意，暗自琢磨是谁放出的话，怀疑对象自然落到那四位副总身上，是其中一个，或者几个。他们临时联手，也不是没可能。

担心夜长梦多，马青连续好几个夜晚失眠。他最想要的，就是尽快将总经理前的"代"字摘除，将总经理位置坐实，避免煮熟的鸭子飞了。至于张军是死于意外，还是他杀，这是警察的事，他不感兴趣。

白天上班，马青更注意个人言行，若下围棋般谨慎、小心，防止一着不慎，满盘皆输，将赢棋下成输局。窗外细雨飘零，马青坐办公台前的靠椅上，审视自身短处，防止他人抓了他的七寸、揭了他的短。私生活那点事，马青觉得是小事，他做得足够隐蔽，应该不至于被人揪住辫子，给他小鞋穿。

狡兔三窟。

马青不是狡兔，但他有三处房产，也就是三个住处。这是高燕知道的。高燕不知道的，更多。

偶尔马青会跟另一个年轻女人柳慕雅仕一起。清晨，马青穿上柳慕雅熨得平平整整的衬衣、西装，喝着早就熬好的小米粥，蒸得火候刚刚好的紫薯，饱了，出门上班。柳慕雅一切都好，且不提名分，但又不是不要。有时马青会从柳慕雅的眼神里读到"我们什么时候结婚？"柳慕雅以退为进，令马青感到莫名其妙的歉疚以及歉疚退潮后深深的惶恐。

有一日，马青和柳慕雅下楼，走过小区甬道，天空突然就阴了，乌云涌动。马青鼻翼翕动，嗅到某种不祥的气息，朝周围望了一圈，风吹草动，他没看出哪里不正常。

下午，马青住处发生了一件奇怪的事，屋里闹了贼。从公司急赶回住处，马青目视现场，满屋狼藉，但未丢失财物。待收拾好屋子，马青发现摆放客厅的相框一片空白，框内马青和柳慕雅的合影照片不见踪影。

马青望了两眼坐沙发上不安的柳慕雅，她用手掌反复搓揉膝盖。马青说，你看看，还丢了什么东西？柳慕雅说，只要人在、人安全，其他的都是身外物。马青怀疑是柳慕雅贼喊抓贼，瞅她的模样，他又觉得自己多虑了。

过后马青在办公室收到一件快递，他隐隐感到不安，启开一看，正是住处丢失的照片。马青琢磨是谁捣鬼，手机响起铃声。是个陌生号码的来电。他迟疑地接了，语气不悦。

那边说，马总，恭喜荣升，快递给你的礼物，收到了？

马青说，你是谁？

那边说，我是谁不重要，重要的是旧城改造项目，贵公司最好不参与、不插手。

马青说，公司的事我做不了主。

那边说，只要你想办，没有办不成的事。

马青说，若我不想办呢？

那边语带威胁地说，你不妨试试。

随后那边挂了电话。马青捡起照片，小心地将它放入碎纸机，照片瞬间化为纸屑。马青预感到接下来会有更大的事发生。

茶几上那张照片似亮晃晃的阳光，刺眼地摆在高燕面前。细眉细眼的年轻女人，她和马青在一起，仿若一家人，或者，就是一家人。

高燕杀马青的心都有了。

高燕顶多只是想想，不会真刀真枪干。她手握酒瓶，往加了冰的厚底玻璃杯猛倒威士忌，海饮。她希望那件事不是真的。但照片已经说明了一切，就是真的。她琢磨那叠照片是谁寄来的，却猜不透。

一夜之间，高燕头发愁白了。

坐在梳妆镜前，高燕张开纤细的手指，拨弄发丛。她想，该染发了。染发膏可以遮蔽真相。每隔半年，高燕染一次发，以前是去美容会所。不愿出门时，偶尔她也自己做，用从香港购来的染发膏、染发剂。梳理好头发，她坐在沙发上看电视，或者上网浏览新闻。晃眼间，头发就变得乌黑发亮。她喜欢黑发，胜过栗色、酒红等其他颜色。为此马青还怪她刻板、墨守成规，不会适时改变，响应潮流。

染发时，高燕拨打马青电话。她不客气地说，找你有事。

马青说，什么事？有事等我回家再说。

高燕说，天大的事。

马青说，在开会。

高燕说，少拿开会搪塞我。

马青挂了，再发了条信息"真开会，一会打给你。"稍后马青回了电话，他们约好在国贸星巴克碰面。

刚落座，高燕甩出那张照片，似一块巨铁砸在咖啡桌上。她说，这事，怎么解释你？

马青说，你什么意思？

高燕说，这话应该我问你。亏得我还为你的事，难为我爸。

马青盯着照片看，看了五秒，又环顾咖啡厅，他细声说，你是不是听说了张军的事？！

高燕说，张军什么事，他的事关我屁事。

马青说，张军在马来西亚潜水，溺水死了。又说，这个节骨眼，你拿照片来找我，到底什么意思你？

高燕说，马青我告诉你，我们还没离婚，你是不是太明目张胆了，用得着这样给我难堪吗？

马青冷静下来，拿手掬头。他说，高燕你告诉我，照片是从哪来的？

高燕说，这个你没必要知道。她喝了一口咖啡，将照片和张军溺亡的事联系起来，惊起一身冷汗，后背凉飕飕的。但她还是若无其事地说，现在我要跟你离婚，马青你要做好净身出户的准备。高燕感觉到了莫名的冷，内心深处一片荒凉。

马青说，我爱你，也爱多多，我们是一家人，我不会让这个家就这么散了。知道吗你，为什么当初我提出离婚，因为跟你在一起，我觉得自己活得太狰狞、太不是自己了，但又不得不这么做，大家都在跑，我呢，逆水行舟、不进则退，我是个凡夫俗子，得随大流。你可以继续任性、随心活着，但咱俩总得牺牲一个人。

高燕眼窝潮了，眼前一片朦胧，她清楚马青已经沦为怎样的人，一个彻底卷入了生活大旋涡的中年男人。但她爱他。她说，你的这些假话我就当真话听了。

马青双手捂脸，搓揉了两下。他说，高燕，你先告诉我照片的来处？

高燕捧着咖啡杯，沉默。

马青说，你背后是不是有人？

高燕猜到马青想暗示什么，公司总经理不在了，马青作为常务副总，理所当然坐上空出来的位置。若此刻马青出了问题，人选自然就待定了。高燕说，你疯了吧，乱咬人。

结果他们不欢而散。

车祸地点在僻静的远郊。

是车撞车。雨雾中，那辆肇事车辆蛮横地闯红灯，紧急刹车，但还是撞到高燕的车。幸好只是额头在方向盘上蹭了一下，人无大碍。待高燕反应过来，那辆肇事车辆已在暴雨中消失。平平常常的一场意外，却让高燕觉得事有蹊跷。

她没报警。

高燕继续驾驶车辆前行，额头隐隐作痛。她用指腹轻抚伤处，回想出行一路的细节，已经足够小心，似乎没人盯上她。车窗外风声、雨声，一切都显得可疑。思忖半天，高燕还是无法下定论，这起车祸到底是意外，还是人为。

高燕要去见一个人。

这三天他们每次见面的位置都不一样，有时是咖啡馆，有时是茶室。地点由高燕定，定好了再写短信告知对方。

高燕警惕得像草原上觅食的黑狐，形迹可疑，却又不留一丁点蛛丝马迹。

坐在幽静的茶室，气氛显得比以往凝重。高燕照例喝柠檬水。对方饮茶，碧螺春。

对方端起茶杯，喝了一口水，烫得舌头缩了回来。他放下茶杯，盯着高燕的额头看，他说，你的额头？

高燕说，路上遇到一点意外，被撞了。

对方露出古怪的表情。

高燕说，我们谈正事。

对方说，说起来这事有点复杂，柳慕雅大概也参与了，另外还有一家地产公司，一时还找不到具体证据。

高燕说，那个女人也掺和进来了？

对方说，她跟马青在一起，大概是有所图，指不定是竞争对手安插的眼线。他瞟了眼高燕额头，叮嘱说，这段时间，你得当心，注意安全。

高燕盯着对面的私家侦探，想着一些事。她没料到事情远比她想象的要复杂。折返回家的路上，高燕拨通马青电话，她说，差一点，我就不能再烦你了，你如意了吧？

马青说，到底什么意思你？

高燕幽幽地说，肇事车是不是你安排的！？

马青说，吃错药了你。

高燕说，当心点你身边的女人。

　　面部打了马赛克的年轻女人和马青的合影，在网络传得沸沸扬扬。眼睛不眨地注视电脑屏幕，马青握鼠标的手直发抖，他想到可能上传照片的人，第一个就是——高燕。

　　他们又约在老地方，国贸星巴克见面。

　　马青目光似锋利的长矛，戳向高燕。他冷冷说，高燕，你就这么恨我？

　　高燕说，这点你比我更清楚。

　　马青说，照片真是你传上网络的？

　　高燕说，我会干这事？你无不无聊。等你的事翻篇了，我会跟你把账算清楚。

　　马青说，以前不会，但现在说不定。

　　高燕说，我倒是想问问你，前几天的那起车祸，是不是你找人干的？

　　目视高燕怒火燃烧的眼瞳，马青暗自分析她是否撒谎，又觉得高燕没必要对他撒谎，倒是他公司几位副总，个个对总经理位置狼贪虎视，还有几家争夺旧城改造项目的竞争对手，谁都有可能暗中使坏。一细想，马青差不多就想通了。他说，你是多多母亲，我用得着对付你吗！

　　他们正聊着，马青手机突兀地响了，还是那个陌生号码。

马青说，你到底是谁？

那边说，告诉你太太，交代她开车当心安全。

马青环视咖啡馆进出的人群，帅气的男人、时髦的女人，没有一个人显得可疑。他说，你在哪里？

那边说，旧城改造项目，想通了吗你？

马青说，告诉你，别在我身上打主意。

那边说，看来你这个总经理是不想当了。

马青说，当不当你说了不算。

那边说，咱们走着瞧。

对方挂断电话，马青听到聒噪的"嘟嘟"声。高燕抿了一口咖啡，站起身，摘掉腰间一根黑色发丝。她说，红颜可是祸水。然后她头也不回地走了。

马青回住处质问柳慕雅，住处却空得冷清，似冬日的旷野，让马青感受到刺骨的寒意。柳慕雅不在。马青拨打她手机号，那边传来平静的声音，"您拨打的电话已关机"。马青额头冒出细密的汗液，意识到自己跌进一个密谋已久的陷阱、步入错综复杂的迷宫。

颓然地跌坐沙发上，马青手机又响了，懒得接，他瞄了一眼，是房管局领导胡局。他赶紧摁了接听键。

胡局说，马总，最近你的事闹得可不小！

马青说，还请胡局多关照。

胡局说，高老爷子那件事办得如何？省里刘部长马上要来鹏城考察，李副市长他们都是风雅之士，这次雅集活动一定得办好，办得体体面面的，让领导们高兴、满意。

马青说，我正打算给您汇报，这事没问题！

高燕和马青进门时，老高正在拭擦古琴。桐木琴身上镌有四个字——高山流水。老高擦得仔细，也擦得小心，像是对待某件古老易损的器物。

老高擦完琴身的浮尘，又给古琴调音，细致、耐心地拨弄琴弦。他像是对自己说，又像是对马青说，弹琴有它的讲究，疾风甚雨不弹，尘市不弹，对俗子不谈，不坐不弹，不衣冠不弹。站在一旁的马青脸上泛起一团热气，红着脸，他连声说，那是，那是！

雅集活动地点设在青云会所，一座古朴的茶庄。此行活动私密，人员仅为刘部长、李副市长、胡局，再就是老高、马青、高燕。

室内摆设清雅、朴素，又不失大气、庄重。神采清癯的老高穿一身青灰色长褂，似民国人物，步入雅室。刘部长拱手说，久闻高老爷子大名。老高并不搭话，将在座人等视为无物。他不卑不亢，携琴步行至木桌前，摆琴，调琴。再撩起长衫，坐定。

挥手，老高潇洒、遒劲地拨动琴弦，音节由低步步走高，如孤鹤之唳于晴空，如静月之悬于午夜。弹罢一曲《高山流水》，静室唯有人的呼吸声。刘部长说，为我一挥手，如听万壑松。李副市长说，琴音若同天籁。老高又奏了《醉渔唱晚》《广陵散》。妙音荡开，绕梁不绝，领导们笑逐颜开，直竖大拇指。

离开茶庄时，胡局说，马总，你的事，我找机会跟上面沟通。然后他握紧马青的手，意味深长地笑，笑容里话语万千。应酬的人物相继离去，静室内高燕目睹父亲老高撩起衣袖掩面，抹干了纵横面部的老泪。高燕想讲几句安慰的话，却不知如何开口。

不久马青坐实了总经理位置，公司也揽到旧城改造项目，只是项目分出一半，交由另一家民营地产公司负责。一切尘埃落定，关于马青的那些传言随即烟消云散，唯有张军溺水身亡的事，究竟是自杀还是他杀，暂无定论。

刊载于《长江文艺》2014年第10期

等待

马明宇把枪丢了。

这是民国二十五年春天。马明宇奉命由南京前往广州履新，任广州城警察局代理局长。上任第一天，那个雾蒙蒙、潮湿的早晨，他独自便装出行巡察，丢了那把贴身携带产自比利时的勃朗宁手枪。

待马明宇意识到中了套，那帮围住他争吵皮肤黝黑的黄包车夫已在薄雾中远去。额头蒙了层细密的冷汗，他却不动声色，没事人似的继续巡察，同时暗想，广州鱼龙混杂，不亚于上海、南京。

暮色四合，马明宇由下属陪同行至繁华的长堤，夕阳下成群的江鸥掠水而过，珠江帆影，尽收眼底。夜幕低垂，堤边煤油小灯燃起，远处灯光点点，近处游人如鲫，睇（看）相、算命、卖药、站街流莺……三教九流混迹其间。

马明宇步入七妙斋，出席欢迎他履新的酒会。交情较深的军中要员、昔日旧友相继到来，商贾富豪、帮会头目也争相前来"拜码头"。酒至酣处，洪门头目贺东升凑来，瞪着眯眼，他说，马局，在下另外备了份厚礼，还请笑纳！说完贺东升扬手一挥，精瘦的随从旋即呈上一枚锦盒。

揭开锦盒盖，马明宇拿眼一瞧，是那把丢失的勃朗宁手枪，手禁不住打起颤。他立马抱拳掩饰道，确实是份厚礼，恭敬不如从命，那我马某人收下了。其他看客不明所以，一齐夸道，好东西，宝马配英雄！

马明宇不曾料，初来乍到，洪门就将了他一军，给了他一个下马威。他抱住贺东升的厚肩，朗声道，兄弟，日后我定还你一份大礼！

新官上任，总会烧三把火。

半年内，马明宇干了三件大事：一是端掉受日本黑龙会控制的本土黑帮组织洪门，击毙帮会头目贺东升，大快人心；二是破获一起特大贩毒案，抓获贩毒嫌疑人 5 名，缴获鸦片 124 公斤、运毒车 2 辆；三是成功抓捕石室圣心天主教堂枪击案嫌疑人。

坊间传言，每次马明宇出警前，于衣兜内藏一粒派拉姆子弹，声言是给自己准备的。他借此鼓气骇敌，跟"对手"宣告死战到底的决心。

从同僚口中听闻此传言，马明宇态度暧昧，仅是嘴角轻扬，微笑，但不语。

广州城雨季漫长，台风不时来袭。久雨初晴的日子，马明宇窝坐办公室，接到一通来自天津的电话。那个电话令他感到不安。眼望窗外枝叶洒满阳光的木棉，马明宇一阵恍惚。拉开抽屉，他摸出勃朗宁手枪，拿擦枪布来回拭擦枪管。

真是个多事之秋，马明宇边翻看报章边回味那个电话。暴雨期间，广州连续发生人口失踪案，失踪者皆为二十岁出头年轻女性，已有 10 余人。凶徒似乎是为了故意制造惊悚气氛，将不同女性手臂肢解后遗弃在沿街的垃圾桶内。警察局表示，仅凭那些手臂，还不能断言失踪女性遇害。但人口失踪案查办毫无进展，羊城百姓人心惶惶，担心家人或自己成为下一个受害者。

于是坊间又有传言泛起，期待"神探"马明宇有所作为，也有人质疑广州警局的办案能力，称马明宇不过是个代理局长，没传言中神勇，不能对他抱太大希望，所谓希望越大，失望越大。

那片质疑之声，马明宇猜是人为的，"有人"借题发挥，想赶他走，赶他离开广州城。

"有人"是谁？再深一层分析，可能是黑道牛鬼蛇神或日本黑龙会，也可能是警局内部同僚，或者兼而有之。若是后者，情况就更复杂了。想到此马明宇脊背发凉，背部冒出冷冽的汗液。

也有同僚将传言转述给马明宇听，对他安慰一番，提醒他羊城复杂，千万注意人身安全。这个节骨眼上，安慰显得微妙，不知他们是真情，还是假意，或是旁敲侧击。原警察局局长高升，空出来的位置，一群人虎视眈眈。马明宇作为代理局长是最有可能接棒的，但"最有可能"不等于铁定就是他，唯有位置坐上了才算铁板钉钉。他在心里过了一遍其他几位副局长。觊觎那个位子的人，他们貌似都像，又似乎都不像。早在马明宇调来之初，草木皆兵的气氛就已经在警局蔓延开了。

马明宇给瓷茶杯续了水，泡的是英式红茶。目视茶汤，他想起曾经在英国剑桥留学的烂漫日子。心里有点乱。稍后他去了趟洗手间，硬使力、咬牙根，不见动静。他发现自己又开始便秘了。

洗手间水声滴答滴答响。马明宇回想起跟秦一诺的通话。他不知他的办公电话是否被监听。

马明宇说，到时在哪见面？

秦一诺说，哪里见面方便？

考虑了好几个去处，马明宇觉得还是去二沙岛好，那边多是外国游客，安全。但他换成商量的口吻说，去珠江边如何？二沙岛江滩。

秦一诺说，好，到时开好房间，再告诉你房号！

雅蓝酒店是女孩预定的，江景房，阳台正对滚滚珠江水。

烈阳下，鱼群似的游客在江滩漫步或泡在涌着浊浪的浅江里。而他们，完全无视江边蔚蓝风景，躲入房内，时而客气地交谈，时而沉默，很长时间不讲一句话。

室内的气氛有些怪异。

女孩趴在米色条纹床单上，高举左手，紧贴腕壁的玉镯剔透醒目。她调皮地盯着眼前的中年男人马明宇看，稚气的举动令马明宇想起徐志摩的诗歌《再别康桥》以及英国留学时的许多往事。他避开女孩的目光，将脸撇向一旁，直视发灰的墙面。女孩腾起身，走向阳台，拉开滑道门，珠江水的腥味扑面而来。她站在刮热风的阳台，凝视矗立江滩中央的许愿塔。

热浪袭人，女孩踅回厅里，拉紧滑道门。

"我想去许愿。"女孩说，"就一个。"

琢磨片刻，马明宇没直接说"好"，目视女孩嫩滑的额头，他说，你当真想去？伸手，他够到茶几玻璃烟灰缸旁的万宝路香烟，抖出一支，点燃，身体舒服地靠在沙发边抽起来。香烟烟头红红的，青烟缭绕马明宇头顶，瞬间消失在空气中。

女孩说，当然是真的，走吧我们。

马明宇将刚点燃的香烟掐灭，从公事包掏出鸭舌帽、超大欧版墨镜，戴上，走到穿衣镜前照镜子。他的脸差不多被帽子和墨镜遮住。

女孩嘟起嘴，瞟了眼马明宇，她说，放心，在这里，不会有人认出你！她从粉色手提包摸出盒装凡士林，抹在两条瘦臂上。

马明宇尴尬地扬手正了下衬衫衣领，抖腕上的玫瑰金手表，给女孩看时间。他的意思是，太阳正是烈的时候，出门得装备齐全。他当然不好直接告诉女孩，情势复杂，小心驶得万年船。女孩不清楚他的真实身份——地下党员。

突然厅里电话响起鬼魅的铃声，瞟了一眼，马明宇警惕地说，别接。女孩凝视墙上的挂钟，时针、分针指向15:48，她说，我们还去吗？！

马明宇说，去，干吗不去。其实他猜到女孩前往江滩许愿的意图，但他没点破，心中漾起感伤的涟漪。

陈旧的地板吱吱作响，他们走出酒店，来到江滩。

外国游人，特别是那个白俄女人不时拿眼偷瞟年纪不到二十的女孩，再把目光挪到马明宇身上。那些目光停留在马明宇身上的时间更长、更古怪。他时而埋头，踩脚下细软的黄沙，时而扭头，眺望远处壮阔的蓝色江景。

马明宇担心有人跟踪他，不时留意经过身边的路人。

靠近许愿塔，女孩默默站立，闭目，双手合十，嘴唇翕动。马明宇听不清女孩的喃喃低语。他安静地站女孩身后，耳边回响着江风飒飒的声音。

女孩猛地转身，忧伤地冲马明宇笑。她说，你想知道我许的愿吗？

马明宇说，当然，如果你愿意告诉我！

女孩说，讲出来就不灵了。

犹豫着女孩又说，真想听你？

马明宇没说话，点了点头。背后冒出的热汗浸湿了他的竖条纹衬衫。

女孩说，我希望妈妈能好起来，我宁愿生病的人是我，真的。

马明宇叹了口气，很想告诉女孩真相，但理智告诉他，不能说，知道的人越少越安全。最终他忍住了。

矮下头，女孩右手摸左腕的玉镯，两滴眼泪滑落，浸入沙粒中。女孩说，妈妈已经昏迷多日，你去天津看看她，可以吗？

马明宇盯着玉镯看了半晌，眼睛像被虫子咬过，红了。他说，没问题。然后他拍了两下女孩的窄肩，牵起女孩的手。女孩那只手凉凉的。

他们从江滩返回雅蓝酒店。

麦琳是只猎犬。

每次马明宇回家，妻子麦琳总是在他身上东嗅嗅、西瞅瞅，看能不能找出点蛛丝马迹，比如暧昧的香水味、女人的发丝和红色唇印。她当然希望老公一点事没有。她说，明宇，好歹你是个"神探"，在羊城也算公众人物，千万别出啥事。麦琳是国府李宗仁将军远房侄女，念过圣玛丽女子教会学校，尽管是个知识女性，但不时也要耍大小姐脾气。当初，马明宇选择跟麦琳成婚，也是看中麦琳的"特殊身份"。

这一天，马明宇回家时，麦琳正拖着吸尘器给地毯除尘。本来这些事该由佣人做，但麦琳有洁癖，佣人清洁遍，她仍嫌邋遢，还会继续做第二遍。马明宇批评过她，你闲在家里，还闲出毛病来了！说归说，麦琳还是依自己的意思，照做她的。

麦琳说，昨天在哪开会你？

马明宇弯腰站门廊换拖鞋，他说，开会当然在会议室。

麦琳关了吸尘器电源，变成一只猎犬，拢近马明宇。她从头到脚打量马明宇，跟从前一样，没嗅出香水味，也没在衬衣的肩头和衣领口发现女人的发丝、唇印。但麦琳不甘心，不依不饶，目光移至马明宇皮鞋鞋沿边。她的眼睛亮了一下，随即黯淡下来。

"你撒谎！"麦琳说，"你从来没跟我撒过谎，到底在哪开会，说实话！"

麦琳又补充了一句，坦白从宽！

"我坦白，"马明宇顿了顿说，"确实是在会议室。"

麦琳捡起马明宇换下的黑色皮鞋，凑到马明宇眼皮底下，她反问道，会议室又不是沙滩，会有沙子?

扫了一眼皮鞋，马明宇说，珠江山庄，我在江边开会。

麦琳说，那你不早说，肯定是你心里有鬼。

马明宇说，是你成天没事疑神疑鬼！

麦琳盯着马明宇的眼睛看，马明宇也不甘示弱瞅着麦琳看。麦琳没瞧出马明宇心虚，她说，可不要骗我！

马明宇没搭腔，移步厅里，翻开报章读报。他从报章中看到自己，是关于人口失踪案的新闻。麦琳也看到了。阴霾散去，麦琳的心情一下晴朗起来，她嗲声嗲气说，真是在开会，错怪你了老公！

他们把话题转到别的地方，麦琳没完没了地扯最近看的西洋养生书籍，如何减肥瘦身，什么东西要多吃、什么东西得少吃、什么东西不能吃。她说，明宇，秋梨燕窝在炖盅里，一会儿端给你。

过去马明宇患有轻微便秘，食过西药，也食过中药调理肠胃，但疗效不明显。麦琳托人寻来偏方——牛奶炖燕窝，马明宇吃了，真有效果。实际上，马明宇最清楚不过，便秘都是压力所致，作为地下党员，他行事时时小心、处处小心；在警局内部也是争斗得厉害，桌面上虽是风平浪静，桌底下却是波涛汹涌，同僚都在暗处使力。他没跟麦琳谈这些事。当然，组织纪律也不允许他谈。

那时麦琳见马明宇吃燕窝吃出了效果，更来劲了，季节轮到秋天，她就炖秋梨燕窝汤，美其名曰"润肺"。一年四季，每到一个季节，麦琳就换个花样，牛乳燕窝汤、秋梨燕窝汤、人参燕窝汤……

抹完桌椅、浇灌好阔叶植物，麦琳闲下来时，会想起她跟马明宇在南京初遇，尔后结婚，许多快乐的瞬间，比如马明宇回家，她嗅闻他的味道，马明宇会笑着还击，麦琳，我告诉你，你就是一只猎犬。麦琳说，我是猎犬，那你就是猎人，反正我是你的人。偶尔，麦琳也会觉得马明宇万分神秘，为何在南京他们会突然相遇，马明宇碰巧成了救她的勇士。

终归麦琳愿意做马明宇的人。她喜欢马明宇身上的侠骨，加上那么一点书生式的傲气。

但麦琳搞不懂，马明宇为何不想跟她添个孩子。有时红酒、烛光伴春宵，酒醉微醺，麦琳提起这事，马明宇黯然神伤，他说，这兵荒马乱的，我们都是提着脑袋过日子，别，还是别生的好！

麦琳不愿做马明宇的人，是在收到一叠照片后。

马明宇下班从警局回家，仰望头顶铅灰色的天空，感觉有事要发生。进门时他察觉气氛不对。麦琳怏怏地呆坐沙发边，茶几的烟灰缸内装满女士香烟烟蒂。望了一眼麦琳，马明宇打趣说，今天猎犬咋回事，病恹恹的？

麦琳沉默。

马明宇感到不妙，识趣地收声，不再讲话。

突然麦琳一声吼，干吗去了你？声音尖利、突兀。

马明宇说，办案。

麦琳说，不是说今天。

马明宇说，哪天？

麦琳说，前天，你说在珠江山庄开会，江边一夜，你都干了什么？

马明宇说，开会，开会还能干什么。

麦琳吼着说，装，装，看你装到什么时候。然后她腾起身，将手里紧捏的一叠照片摔在她面前的茶几上。眼前是他在二沙岛许愿塔前的照片，他牵着女孩的手。马明宇记得那只凉凉的手，似冬天的冰凌。

马明宇想解释，但不知从哪谈起，干脆不说。

麦琳说，现在你没话可讲，哑巴了吧。

双手捂脸，马明宇猜照片的来历，毫无头绪。他再仔细一想，脊背卷起阵阵凉风，是黑道牛鬼蛇神或日本黑龙会，还是同僚放的烟幕弹呢？若是他们，或者他们之一，"照片事件"仅仅只是开始，后面还有"地雷阵"、刀山火海等着他。

马明宇说，麦琳，要不这段时间你先回南京？

"想都别想！"麦琳说，"我回去，回去了好给小妖精挪窝、腾位置，你们逍遥！"

麦琳又说，难怪你不想添孩子，还找他妈的一大堆借口。

马明宇说，你就不能往干净的地方想。

麦琳呜呜地哭起来，用手背揩了把脸颊的泪水，又用手心抹眼泪。她说，我不干净，你做的事就干净了。

马明宇抽出衣兜的白色丝绸手帕，递给麦琳。麦琳用手挡了回来。

天慢慢黑了。他们坐黑暗里，彼此沉默。马明宇起身去洗手间，坐在马桶沿，他流了一身汗，肠内的粪便依然堵塞。

"便秘了！"他小声喊。伸手够到纸巾，扯下一截揩额头的汗。他回到厅里时，麦琳嘀咕了一句，燕窝汤在炖盅里，你自己去喝。稍后麦琳进了卧房，连旗袍也没脱，扯开被褥，倒软床上，蒙头大睡。

马明宇跟进卧房，坐床榻边说，麦琳，有人在背后搞我，这次不知能不能扛过去。

掀开捂住脑壳的被褥，麦琳探头说，你又骗我。

马明宇说，当真不骗你。

麦琳说，谁，谁在背后搞鬼？

马明宇眉头紧锁，深深地叹了口气，他说，现在，还讲不清，可能比我想的要复杂。我们来广州，不晓得是不是个错误。

麦琳说，那些照片，你怎么解释？

马明宇说，到时你自然会明白。

那只从肘部断裂的手臂是一位遛狗的美国牧师发现的，更确切地说，是那条牧羊犬发现的。美国牧师接受报章记者采访时，用流利的中文说，每天清晨，我都会去海珠小岛公园遛狗。今天，走到公园门口时，国王（他家狗的名字）疯了似的，对着公园门口的垃圾桶狂吠，它慢慢嗅到垃圾桶边，抬起两条前腿，头伸入桶内，拖出一个黑色垃圾袋，抖出一只断臂，看那手指，应该是从女孩身上卸下的。我吓坏了，赶紧报了警……

发现断臂的地点离广州警察局不远。

马明宇从家里赶到现场时，周围人山人海，两名办案警员正在跟美国牧师做笔录。断臂就在垃圾桶旁，用一块黑布遮住了。马明宇半蹲着，揭开黑布一角，看到断臂腕上剔透的玉镯。他的脸色瞬间变得死灰，好在没人发现他情绪的巨变。

那枚玉镯，化成灰，马明宇也能认出。那是他家祖传的宝贝。

马明宇跑去公园管理处拨打住处电话，没人接听。他担心麦琳出事，捏听筒的手心流了一把汗。又拨两遍，半晌，那边才传来麦琳细软的话音。

马明宇说，怎么不接电话？

麦琳说，为什么不接，你比我更清楚！

马明宇知道麦琳还在生他的气。他说，没事吧你！

麦琳说，大清早的，我能有什么事。

马明宇说，在家等我，我马上回来！

天空阴沉沉的，滚着闷雷，似要下雨。怀着极度的不安，马明宇赶回家，进门他就紧紧抱住正在拖地的妻子麦琳。他一句话也没说，沉默着，箍抱妻子麦琳，他脸上的泪水流成了河。半晌后，他说，诺诺可能遇害了。

　　麦琳说，诺诺是谁?

　　马明宇说，秦一诺，照片里的女孩。

　　麦琳说，照片里的女孩跟你什么关系?

　　环视一圈客厅，马明宇摸索茶几、电话机等器物下端，看是否装有窃听器，没找到。他还是不放心，将麦琳牵到浴室，打开花洒。浴室响起哗哗流水声，他说，秦一诺是我女儿，我也是跟你结婚后才晓得的。她母亲患了肺病，晚期，她来找我，请我去看看她母亲。马明宇将一半真实、一半谎言的话讲给麦琳听。其实马明宇和秦一诺的母亲是英国剑桥大学同学，两人同为共产党，为革命工作需要，回国后不久他们便分开了，各奔东西。

　　麦琳沉默。

　　马明宇说，今天，我希望你能原谅我!

　　麦琳继续沉默，眼窝淌出热泪，一串串滑面而过，滴落在杂色磨石地板上。

　　返回警局前，马明宇交代麦琳锁好门窗，任何陌生人前来摁门铃，决不能开门。然后他匆匆前往警局，召开紧急会议。他们将新发现的断臂事件，定性为新一起人口失踪案。

下午两点不到，断臂案取得新进展，玛利亚女子医院太平间的负责人报案，称因车祸身亡的某女性，半截手臂被人卸下盗走。经警局查证，那只断臂属于车祸身亡女性。

听到此消息，马明宇心里稍稍妥帖了些，女儿秦一诺可能还未身亡。他隐隐预感到，很快会有人主动跟他联系。

马明宇时刻留意办公室电话的动静，生怕错过来电。但白天，来电都是谈公务。夜间回家，马明宇枯坐客厅，等待座机铃声响起。

座机始终不响。

麦琳心事重重坐一旁，不时用手捂紧打哈欠的嘴。马明宇叮嘱麦琳去卧房休息，麦琳不肯。夜深了，他们等得快绝望了。这时，座机电话突兀地响起铃声。岑寂的夜里，铃声显得怪异，充满死亡的气息。

马明宇迅速抓起听筒，那边先是女儿秦一诺呼救的声音，再是陌生男子的声音。好在女儿醒目，没喊他"爸爸"，而是喊"明宇"。那边误以为秦一诺是马明宇的情人。

马明宇说，你们别乱来，我是广州警察局局长！

对方说，是代理局长。

马明宇说，告诉我，你们想要什么？

对方说，若你想你的情人性命安全，你知道该怎么做。

马明宇说，我不知道。

突然对方挂断电话。

马明宇隐约听到电话那端的背景音，大约是纺纱机器哐当哐当的响声。稍后，他拨了两个电话，找警察局侦缉队队长钟鸣和警员谢同飞。他俩也是潜伏在国民党内部的地下党员。最近，马明宇通过秘密联络点，获悉两条信息，前者是钟鸣、谢同飞的身份，后者是人口失踪案线索。

他们三人聚集马明宇家中，一根接一根抽闷烟，等待对方再次来电。为安全起见，他们要么沉默，要么用手语"交谈"。马明宇猜到，对方很快会致电。半夜三更，厅里座机又响了。此时麦琳已在卧房沉睡。

对方说，想好了吗？

马明宇说，我不明白。

对方说，你是聪明人，别不见棺材不掉泪。

马明宇默语不言。

对方说，你哪天离开广州，你的情人就哪天安全回家。

那边再次挂断电话。

马明宇听到嘟嘟嘟的忙音，也将电话挂了。马明宇把听到的背景音叙述给钟鸣队长和警员谢同飞听。他俩都是土生土长的广州人，经分析，那声音可能来自三元里的纺纱厂。锁定目标后，他们即刻赶往目的地。

根据线人提供的线索，黎明前夕，他们找到绑匪可能的藏身之地，破门而入。黑暗中，两名绑匪从另一扇门逃脱。他们成功解救出秦一诺。

人口失踪案与日本黑龙会有关，他们将失踪女性运往东北做慰安妇，或用作毒气实验。执行行动前，马明宇要求所有警员换上便装，更换枪支弹药，伪装成本土黑帮，与黑龙会交火。外界和对手黑龙会误以为是黑吃黑。

马明宇派人给报馆投递匿名信，披露人口失踪案真相。经《大公报》报道，引起国民公愤，大批爱国学生组织游行，号召全民一致抗日。

又一天，马明宇回家，目睹麦琳忧心忡忡地站在阳台。

麦琳说，明宇，咱俩离开广州，好吗？

马明宇说，怎么，遇到麻烦了？

麦琳说，茶几上有封信，你去看看。不久前，有人在窗外鸣枪，该是对你示威吧。我猜，若不是碍于你南京有人，只怕那帮人早对你动手了。

麦琳意味深长地望着马明宇，像是知道了什么，关于为何马明宇会跟他结婚，又不愿添孩子。

马明宇从信封内摸出一粒子弹壳。他看到自己的手抖了两下，手心很快蒙上一层汗液。马明宇扭头时，麦琳已经走到他身后。麦琳说，我害怕，怕你出事，这世道，人死了，都不晓得死在谁手上。又说，你有什么秘密，藏着吧，千万别告诉我！

他们度过了一个不眠之夜。

尔后，广州警察局惊泛两起传闻：一是马明宇患了严重抑郁症，出现自杀倾向；二是马明宇打算离开广州，至于去哪里，可能是回南京，也可能是去另一个城市履职。

面对传闻，马明宇做了一番解读：前者是威胁，随时他都可能被加害，死后舆论将称他为自杀；后者显然是为他离开广州做舆论铺垫。马明宇当然没打算离开广州，除开任职广州警察局局长，他还有更隐秘的任务，譬如，保护爱国学生、保护进步民主人士经广州转站香港、收集情报……

坐在办公室里，马明宇抿了两口英式红茶，从衣兜摸出一粒派拉姆子弹。这就是传言中马明宇留给自己的子弹。该传言的第一个传播者即是他本人。他做好了随时赴死牺牲的准备。

国府内政部警政司先是传来小道消息，接着马明宇收到正式任命电报，他的警察局代理局长职务，终于去掉"代理"二字。他顺利通过了国府的考验。那一天,天空被乌云遮蔽,但不久,乌云散去,瓦蓝的天空晴朗得无可挑剔。

任职文件下发,马明宇的同僚纷纷致电道贺,他一一回谢。舒服地靠在办公椅椅背上,隔窗,马明宇眼望蓝绸般的天空,他暗想,"地雷阵"、刀山火海或许就在不远的前方,无论前路是生是死,他都得咬牙硬挺着,蹚过那摊浑水。

刊载于《长江文艺》2017年第5期